未读 | 纪实 |

UNREAD

银行职员日记

[日] 目黑冬弥 著
郭佳琪 译

天津出版传媒集团
天津人民出版社

目录

● 第二章

第四章 银行业的内幕

前言

寻找嫌疑人

清晨，支行即将开门营业之际，我接到了支行行长的内线电话。

“目黑课长，请立刻来我办公室一趟。”

我走进房间，只见支行行长正一脸凝重地坐在沙发上。我走到他对面正要坐下，却被桌子上一本摊开的周刊杂志*上的露骨照片吓得大吃一惊。

“你看看这个。”

目光所及之处，是一张年轻女性的裸照。女人侧身坐在地上，穿着蓝色衬衫搭配灰色马甲，前面的扣子却全被解开。一张员工证遮住了她的双眼，下身则用一沓钞票遮挡。

照片旁是一行十分吸睛的标题：M银行在职女员工脱光了！

---

* **周刊杂志**：周刊杂志常会刊登银行相关的各类话题。最近某面向女性读者的周刊杂志曾这样写道：“大银行的员工工作稳定，是伴侣的上佳人选。虽然说话无聊了些，但仍然具备成为好丈夫的潜质。”事实果真如此吗？读者朋友可以尝试从本书中寻找答案。

“主管，咱们支行的领导直接电话打到我这儿来了，让咱们把这个人找出来。你怎么看？这姑娘，不是咱们支行的人吧？”

“咱们支行？”

密闭的房间里，两个中年男人凑在一起，凝视着那张裸照。

“看起来不像是咱们支行的员工*。”我说道。

“是吧，那就好，那就好。”

支行行长一边说着一边合上了周刊杂志：

“这件事严重损害了M银行的形象，所以总部正联系各个支行，要尽快把这个人找出来。”

我是大型银行M银行的在职员工。在泡沫经济行将结束之际进入银行业，至今我已从业三十余年。因为仍然在职，所以无法透露真实姓名。

正如即将在第一章中所提到的，最近M银行涉及了几起轰动社会的丑闻。许多员工都参与了这些事件的应对和事后处理，而我也是身处最前线的其中一员。每一条新闻报道背后，都有一群在一线挥汗如雨、忍受责骂、低头道歉的人。我写下这本书，也是希望他们真实而鲜活的模样能被大家看到。

---

* **看起来不像是咱们支行的员工**：照片上的员工证写着“M银行”，但我们的员工证上写的是“M金融集团”。因此，员工证很有可能是伪造的。据说M银行的制服也能在网上买到同款。也就是说，要捏造出一个“M银行员工”不是难事。总之，这名“嫌疑人”似乎最终也并未被找到。

在超过1/4个世纪的银行生涯中，我先后在二十几位支行行长和十几位支行副行长手下工作，经手的客户可能多达数千人。我与许多人打过交道，得到过他们的帮助，也受到他们的影响，有时甚至对他们心生怨恨。我并没有改变整个行业的高尚情怀，只希望能让更多的人了解银行业的真实面貌。有些事情我想说出来，不吐不快。

我想描绘银行业的阴暗之处，也想诉说这份工作的乐趣所在。如果是同行读了这些内容，可能会会心一笑，觉得“确实如此”，而外界人士读完则可能大吃一惊。而这，确实是银行业的真实情况。

为了保护作者本人和登场人物的隐私，书中的支行名称和登场人物均为化名，所属部门和在职年限等也进行了模糊处理，还加入了一些虚构内容，但书中所述一切都是我的亲身经历*。

我无法判断本书内容是否会对M银行的形象造成影响。

这一判断将交给阅读本书的各位。

---

* **我的亲身经历**：虽然书中所述都是我的亲身经历，但对于过去的事情，或多或少会存在记忆上的偏差，请大家多多包涵。此外，从我入行到2022年的30余年间，银行的内部情况和外部环境都发生了巨大变化，相信已经退休的前辈、我们这一代人以及刚入行几年的年轻员工在感受上也有很多不同之处。对于这些差异，我尽量在术语解说栏中进行了解释和补充。

第一章

事能过三吗？

某月某日

紧急电话：

“你现在能过来一趟吗？”

2021年2月28日，星期天，我和家人一起去了横滨中华街。

二女儿所在的补习班于前一周公布了考试成绩，为了庆祝她考入前五名，我们一家三口在中华街吃了午饭。下午两点多，正当我们准备去地标塔逛逛的时候，用于紧急联系的手机*响了起来。

“目黑课长，现在方便接电话吗？出现了严重的系统故障，ATM（Automatic Teller Machine，自动取款机）无法使用，各地的客户都闹得很厉害。你现在能来支行一趟吗？”

电话里传来了支行副行长慌张的声音。

又来了……一听到“系统故障”这个词，想到接下来要处理的事情，我的心情就变得沉重起来。

---

* **用于紧急联系的手机**：银行会给管理层（如支行行长、支行副行长、课长等管理岗）配备用于紧急联系的手机（当时每个支行有两部）。该手机必须全天候二十四小时、全年三百六十五天随身携带。我甚至在洗澡时也将其放在一旁，以便接听来电。手机不得用于私人用途，所有通话记录也会由总部进行监控。

“我就在附近，很快就能赶到。不过我穿的是便服，没事吧？”

“这种紧急情况下没关系的。请尽快过来。”

挂掉电话，我向家人解释了情况。

“抱歉，我得去行里一趟。好像又是系统故障。”

“快去吧，车我来开。”

由于银行屡次发生系统故障，已经习惯了的妻子表现得十分淡定。

“爸爸，你穿这身衣服去公司吗？”

女儿嘟囔着说。我当天穿着一件有二十多个铆钉和别针纽扣的皮夹克，一条彩色格纹长裤，脚踩一双厚底皮鞋。

抵达港未来支行时，身着西装的支行副行长已经打开了员工通行的便门。他一脸吃惊地看着我说：

“目黑课长，你的私服是这种风格啊……”

“我没时间回去换衣服了……”

“总之，看上去情况相当严重*。虽然详细情况还不清楚，但据说已经有相当数量的ATM无法使用了。”

“我们（港未来支行）管辖范围内的ATM应该没问题吧？”

---

* **情况相当严重**：据后来的统计，共有四千三百一十八台ATM出现了故障，占M银行ATM总数量的七成以上。

“目前还没有接到报告。”

“我们先做一些暂停使用的通知贴在各处的ATM上，现在最重要的是别给客人带来更多的麻烦。这件事得加紧完成，麻烦您去找一下胶带吧。”

“好的。”

支行副行长立刻冲向了办公用品仓库。总部根本指望不上，也等不了他们的指示。从过往的经验中，我们已深有体会。

我打开电脑开始工作，并在下午大约2点30分*收到了银行内部的邮件。

“请打印附件中的‘致歉声明’，并张贴在贵支行管辖的ATM机上。如果现场有客户，请在道歉后礼貌处理。”

关于故障原因和恢复时间只字未提，指示仅限于眼前的应对措施。总部的指示和我们预想的一样。

从下午开始，我接连走访了直辖于港未来支行的十处ATM**，每处骑自行车抵达的路程大约在十分钟内。幸好是周日，

---

* **大约2点30分**：据报道，行长在下午1点30分左右得知了这一情况，而向所有营业支行发出加班指令是在下午2点30分左右。

** **十处ATM**：2017年11月，M银行宣布削减约一百家支行，相当于国内支行总数的两成。直至2022年，全国各地的支行仍在陆续整合和搬迁，直辖于同一支行的ATM数量也因此增加。如果再次发生意外，是否还能如此顺利地走访完所有的ATM呢？

市中心ATM的客户也不多，张贴并没有花费太多时间。

到达第六处ATM时，那儿正站着一位看起来五十多岁的男性客户。

“真的非常抱歉。”

“卡被ATM吞了，出不来了……”

“非常抱歉。”——我只能不断重复着这句话。

“就算问你什么时候能把卡拿回来，你估计也不清楚吧？”

男人失望地，或者说是放弃般地低声说道。

迄今为止，我经历了两次系统故障，处理了许多客户的责问和怒骂。

但只有这句话，最刺痛我的内心。

向男人道歉后，我张贴好“致歉声明”，并在骑自行车前往第七处ATM的路上，回想起了二十年前的“那一天”。

某月某日

整合首日的悲剧：

ATM无法使用

2002年4月1日，星期一。我所就职的F银行与D银行、N银行三行整合*，并作为M银行重新启动。当时的我正在埼玉县埼玉新都心支行的客户课工作。

在那之前的一周，作为负责外勤销售的部门，银行曾针对我们客户课做了一个简单的说明。

“请不要再使用之前F银行的传票**，一定要使用新的M银行的传票。”

作为员工，当时我们并没有感受到特别的压力。

“如果客户从F银行的支行向D银行的支行汇款，汇款手续

---

* **F银行与D银行、N银行三行整合**：1999年8月，我趁着夏日小长假回到老家。当时正与父亲一起喝着啤酒，突然从NHK（日本广播协会）新闻中得知了合并的消息，这让我大吃一惊，几乎要把正在喝的啤酒从鼻子里喷出来。碰巧的是，我老家附近就有D银行的员工宿舍。看到新闻后，母亲还曾开心地说：“真是太好了！以后就可以住在咱家附近了。”

** **传票**：客户进行融资、贷款、资产管理和投资时需要填写的文件。F银行之前使用的传票全部被废弃，从4月1日起改用M银行的传票。

费不要按他行汇款处理，一定要遵照同行汇款规则，千万别弄错了。”

支行副行长在会议上如此提醒道。这些事情即使不说，我们也明白。

“‘M银行’能不能说顺口*啊？万一错说成‘F银行’怎么办？”

和我同年入职的野野村开玩笑说道。已经在F银行工作了十几年，从下周开始要换成以“M银行”的名义工作，确实会有些不习惯。

“就像背英语单词一样，多练习几遍吧。”

“说得对。M银行、M银行、M银行、M银行……”

野野村一脸认真的样子，像在练习绕口令一样不断重复着——当时我们所担心的也就是这种程度的事情。

4月1日**，我们照常于早上7点左右到岗，在二楼的客户课

---

* **“M银行”能不能说顺口**：据说这一名称广泛征集了员工意见（然而我并未听说有类似的征集……）。银行合并时，很多银行都会把新名称写成平假名，例如朝日银行（あさひ銀行）和樱花银行（さくら銀行）。比起汉字，平假名更能给严肃的银行带来柔和的印象。当然，这样做的缺点是让人完全联想不到合并的是哪几家银行。

** **4月1日**：那天的早报整版刊登着两位行长的笑脸，配以广告语“新银行新起点”。M集团的联合入职仪式也在这一天举行，共有一千一百九十名新员工出席。M控股集团的社长在训话中如此说道：“不要按手册行事。也不要听信那些只按手册教导的上司。正确的事情要勇于执行，责任让上司来承担。”

做着跑客户前的准备工作。那时大约是9点05分。

“喂！客户课所有人都去大堂帮忙！”

支行副行长急匆匆地跑进来大声喊道。

“怎么回事？”

我和野野村对视了一眼。

埼玉新都心支行的客户课共分为六课，总人数超过六十人。当我和五名手头空闲的同事一起下楼前往大堂时，呈现在眼前的是一幅从未见过的景象。

大量的顾客*挤满了大堂，甚至连外面的道路也被试图进入银行的黑压压的人群塞满。

“这到底是怎么回事……”一位二十多岁的年轻员工惊愕地喃喃道。

正在拼命维持柜台秩序的存款课代理课长向我们解释：

“好像是ATM不能用了。你们快去外面，别让大家往里面挤了。”

虽然回答着“明白了”，但想要挤出大堂困难至极。在人群中挤来挤去，我们终于费劲地来到了外面。

---

* **大量的顾客**：银行通常会在以下几天变得异常拥挤：发薪日的25日，每月5日、10日、15日、20日，月末月初，每季度决算的3月末、6月末、9月末、12月末，以及假期结束后的星期一。埼玉新都心支行除个人客户外，还有许多法人客户。因此，假期结束后的星期一加上新财年的第一天——4月1日，原本就会有许多客户前来办理业务。

“为了保障广大客户的人身安全，目前银行限流！给您带来不便，十分抱歉！”

存款课的课长大声呼喊道。然而，即使他拼命地喊，客户们还是不断地涌入银行。

“怎么办？”野野村问我。

“只能张开手臂阻止他们了。”

在这种情况下，向顾客解释是没有意义的。我们张开双手，拼命阻止客户往前走。

“那我什么时候能取钱啊？”一位年长的女性逼问道。“别说什么不能进去，快解释现在到底是怎么回事！”又一位穿着工作服的男人怒吼道。

然而，我们只是被要求阻止顾客进入，对于到底发生了什么我们也不清楚。

“请稍等一下！”

我再次挤过人群，向课长询问情况。

“我也不太清楚，好像是系统故障*了。什么时候能修好我也没听说。”

“那我们怎么解释啊！暂时引导他们去其他支行吗？”

“不行，去其他支行也没用。好像整个M银行的ATM都出

---

* **系统故障**：前一天是年度末，正是存取款和转账最集中的日子，而当天又是周一。将新银行的成立日定在这样一天，本身就缺乏远见。

了问题。”

“什么？真的吗？”

“是的，我也是刚才从客户那里听说的。”

“……”

我无言以对。连M银行的员工也不知道到底发生了什么。

我再次挤过人群，回到刚才的位置。

“为了保障广大客户的人身安全，目前银行限流！给您带来不便，十分抱歉……”

不管被问到什么，我都这样大声回答。

下午3点，完全无法正常运作的柜台被强制关闭后，我们仍疲于应对来自客户生气发泄的电话。ATM无法进行任何存取款操作，被问到什么时候能修好，我们也无法给出准确回复，这样的情况整整持续了一天。客户课的工作主要是安抚大堂的客户*，并向自己负责的客户道歉。我们站了一整天，连午饭都没能吃上。

最令人难受的是，对于“什么时候能修好？”这个问题，我们只能回答“不知道”。

---

* **客户课的工作主要是安抚大堂的客户**：客户课所有负责外勤的员工也全都参与了柜台的应对工作。因为系统无法运作，根本顾不上外出跑业务。

这是全球最大银行集团诞生*的日子。然而寄到支行的开业花篮全部被收了起来，大量的贺电也没拆封，就随意地堆放在办公室的角落。

天快黑时，支行副行长向大家进行了说明：

“大家一整天都辛苦了。我们先把目前已知的情况整理一下。已经有部分ATM恢复正常了，但全面恢复还需要一些时间。原因正在调查中，很可能是连接F银行和D银行系统的计算机出了问题。”

大家沉默不语。

“明天大概也得一整天待在大堂吧。或许一段时间内都不用出外勤了。”

野野村低声对我开着玩笑。疲惫不堪的我**连笑的力气都没有了。

---

* **全球最大银行集团诞生**：在我刚入行接受新员工培训时，曾有一项讨论的主题为“预测十年后的城市银行”。当时还没有“巨型银行”一词，“金融大爆炸”是银行界最关心的事情。如何应对欧美的巨大银行？讲师向我们强调：“只有合并一条路。”当时一位同事曾发问：“今后会有很多银行合并吗？像富士、三菱、太阳、神户、三和等银行之类的，听起来有点儿奇怪啊。”讲师回答道：“名字肯定会改的。”

** **疲惫不堪的我**：此时，总部约有一百名负责系统的员工正在通宵进行修复工作。

某月某日

统一用语集：

优势争夺战

夜晚11点回到家时，担心的妻子跑过来迎我进门。

“听说原F银行的ATM只能用原F银行的银行卡。原D银行的ATM也用不了原F银行的银行卡。”

讽刺的是，待在家看电视的妻子比我更清楚情况。

直到打开电视，看了NHK新闻，我才终于了解了事情的全貌*。不仅是我们埼玉新都心支行，M银行的所有支行均发生了系统故障。

第二天上班时，支行副行长再次向大家说道：

“目前仍有部分ATM尚未恢复，恢复时间也不确定。如果客户就这些问题进行询问，只能回答‘给您带来不便，十分抱歉’。”

---

* **终于了解了事情的全貌**：因另一家大型银行在2002年1月合并后不久发生了约万件双重扣款的重大事故，相比之下，这次的损失较小，媒体的报道也不算多。直到4月5日，出现了除ATM之外的故障，本次事件才开始被大量报道。

有员工提出疑问：

“如果被问到什么时候能修好，该怎么回复？”

“只能不断道歉。不能给出确定的答复，也不能夹杂任何推测。”

想到又要重复昨天的工作，我的心情变得沉重起来。

“还有一件很重要的事！”支行副行长的语气重了一个等级。

“绝对不能接受媒体的采访。即使在路上被摄像机拍到也要保持绝对沉默，不允许随意发表个人意见。私人行为也请务必注意，最近一段时间内禁止参加聚会，即使在电车上也不要谈论此事！”

随后，从4月3日开始，又接连发生了多起事故。数万名客户的税款和水电气费在自动扣款时被重复扣除，且扣款并未打给税务局、煤气公司、水务局和电力公司，扣款金额不知去向*。得知这一情况后，野野村无奈地嘀咕道：

“都这么累了，要是我的工资也能双倍打款就好了。”

之后，我们向前来询问的客户持续道歉**了一月有余。为了告知客户“恢复时间暂不确定”，我们在埼玉县内各处亲自上

---

* **不知去向**：银行只能调动人力在大量数据中寻找未处理或有问题的部分，再下达汇款等指令。系统相关的工作人员几乎不眠不休地工作了数日到数十日不等。

** **持续道歉**：报纸上刊登着市民们不满的声音：“如果是这样的话，还不如不合并。亏他们拿那么高的工资。”

门道歉——听说至少要亲自前去拜访一下，露个脸，表达一下诚意。

M银行是由三家银行整合而成的金融集团。通常情况下，银行整合被称为“合并”，但我们坚持使用“整合”一词。

F银行将送给客户的记事本和圆珠笔等赠品称为“纪念品”，堆放赠品的仓库称为“纪念品库”。D银行则将其称为“火柴”，仓库称为“火柴库”。据说是因为在战后，火柴作为赠品备受欢迎，“赠品=火柴”成为那一时代的标志。

F银行将支行行长专用的带司机的黑色高级车称为“行长车*”，而D银行则称为“主车”。N银行使用出租车，所以没有这一概念。

三家银行在“整合”的过程中，曾下发一本名为“统一用语集”的小册子，意在将各银行的用语逐一统一。赠品统一要叫“纪念品”，行长专用车统一叫作“行长车”。为了不弄错统一用语**，员工们需在早会逐一核对朗读，显得既奇怪又滑稽。

---

* **行长车**：有的支行没有停车场用地，只能租用月租停车场。在2022年的今天，某市中心支行共拥有两辆汽车，一辆是行长车，另一辆是用于业务的轻型汽车。据说每辆车一个月的停车费高达8万日元。而由于业务外勤几乎都是骑自行车，所以那辆轻型汽车一个月的行驶距离只有两公里。真是浪费经费啊……

** **统一用语**：此外，F银行把“销售业务”称为“工作”，推销贷款被称为“贷款工作”，让客户转存定期存款被称为“定期工作”，让老年客户更改养老金定点银行被称为“养老金工作”。在与其他银行的同行开会时，我一提到“工作”，他们就捧腹大笑：“工作？怎么听起来像来到了朝鲜。”

在三行整合之前，各支行之间的员工交流调动已经陆续开展了。

共事后我才惊讶地发现，D银行已经有相当数量的员工在整合前获得了晋升。

三家银行的经营整合经历了长达三年的准备。在这期间，三行曾达成一项“君子协议”，即冻结人事*（停止晋升和加薪），优先处理经营整合。

然而，也许是为了让自家员工在整合后占据更多的优势，整合临近之际，D银行提拔了一大批综合岗的员工。这一举动也表明，D银行比从未经历过整合的F银行更加老练。

也就是说，从准备阶段开始，三家银行就已经在暗中展开了较量——谁将成为社长？董事的比例如何分配？在靠近车站的支行中保留哪一家？……

这种争斗在系统导入**时表现得尤为明显。由于人事权已被D银行掌控，据说当时系统也曾计划切换为D银行的系统。然而，这套系统比F银行的系统落后很多，以至于我们F银行的

---

* **冻结人事**：三年内都没有晋升和加薪。听到这个消息时，我和同事们抱怨道："三年内都不能晋升，工作还有什么干劲呢？"

** **系统导入**：旧三行的系统由多家制造商共同控制：F银行的系统由日立、IBM和冲电气控制，D银行的系统则由富士通、日立和IBM控制……如果系统不被沿用，一直从事这些工作的工程师就会失去工作。也就是说，采用哪家银行的系统，对很多人来说是生死攸关的问题。

员工都担心系统迟早会崩溃。优势争夺战就这样引发了最糟糕的开局。

这次系统故障断断续续地引起了延迟处理账户代扣款和重复扣款等问题。直到当月中旬，业务才逐渐恢复正常。

作为M银行的员工，所有人都不想再经历那样的事了。

某月某日

第二次：

光景重现

2011年3月11日*，日本发生了前所未有的大地震。到周末，核电站继而发生爆炸事故，整个日本都在为事态的严重性感到震惊。

那时我在埼玉县八潮支行的客户课工作。由于担心周一的电车运行情况，14日一早，我便开着自家车去上班了**。

一到公司，总部就发出了指示：

“请大家给此次地震受灾的客户送去慰问。”

作为负责外勤销售的课长，我对大家说道：

“看看你们负责的公司客户是否有东北地区的业务或分支机

---

* **3月11日**：那天我正因季度末的工作忙碌不已，一早就在桌前埋头赶写报告。下午2点46分，大地开始剧烈摇晃，八潮支行所在的大楼随即停电。正值支行闭店之际，银行内人潮拥挤，我用手电筒将顾客从漆黑一片的大堂引导到了安全的地方。

** **开着自家车去上班了**：当时东京电力实施了计划性的停电。从14日周一开始，许多铁路公司都将列车运行数量控制在了平时的五至七成，并在某些时间段停运。首都圈的许多企业也让员工在家待命，不用通勤。然而，银行自然是例外，无论如何都必须上班。

构？对于受灾的客户，我们M银行要表达慰问。”

“可是我不知道我所负责的客户是否受灾……”

一位刚入行两年的年轻员工答道。客户课的员工几乎没人了解客户分支机构的实际情况。

“查一下公司简介和官网，看看是否在东北地区有工厂或分支机构，社长是否毕业于东北的学校。”

他们按照指示各自在电脑上查了起来。

那天下午*，一家客户公司的总务部长打来了电话。

“你们手底下的年轻人在搞什么啊！让我们说明一下地震受灾情况？你们到底在让他们干什么！”

“非常抱歉，我们是想向受此次地震影响的客户表达慰问……”

“平时连招呼都不打的家伙，突然打电话来问‘仙台工厂还好吗？’明明是你们银行当初要求我们‘剥离不盈利业务’，我们才撤出仙台的，你们在开什么玩笑啊！”

“让您心情不快，真的很抱……”

话还没说完就被对方挂断了。

---

* **那天下午**：地震发生后，所有银行在各处的ATM都停止了运行，各银行为此疲于奔命。之后为了节约用电，银行陆续关闭了无人ATM。即使在电力恢复后，仍有部分银行以“突然停电会导致自动门关闭，人无法出来，现金卡或现金无法吐出”等为由继续关停ATM。

在慰问这项社交礼仪中，是否发自内心最为重要。显然员工们并没有真正理解打电话的意图，只是将上司的命令当作任务去展开了调查，所以才会忽略了对客户的关心和慰问。

我心想这下糟了，但为时已晚。随后我又接到了几通投诉电话。虽然被对方责骂也很难受，但更痛苦的是听到对方用尽力气说出的那些话：

“我的亲戚都失联了，还没有任何消息。你们突然打电话来问这问那，对不起，我回答不了。请不要再打电话来了。”

如果不是真心慰问对方的不幸，那么在这种时候*还不如不打电话。

到了晚上，我已经比平时更加疲惫不堪。

就在这时，我又收到了支行副行长的消息。

“现在好像出现了汇款方面的系统故障。具体情况还不清楚，也不知道明天及之后是否还能正常汇款。”

对情况的说明仅此而已。由于忙于应对投诉，我也没太在意**。

---

* **这种时候**：在此期间，福岛县东邦银行一百一十三家支行中只有六家支行幸存，地震第二天和第三天，也就是12日和13日（周六、周日），六家支行继续营业。在停电和通信中断的情况下，针对存折、银行卡和印章都被海啸冲走的灾民，东邦银行每天允许取款10万日元。对于失踪者的亲属，最初允许取款30万日元，后来调整为可取款60万日元，身份确认仅通过对话进行。以上均为行长的决策。

** **没太在意**：当时，我完全没有联想到2002年第一次系统故障时的场景。因为忙于处理投诉和震灾后的应对工作，根本无暇顾及其他。

深夜回到家打开电视，各个频道都在报道震灾的情况。

发现我回到家，还在上幼儿园的女儿揉着困倦的眼睛起了床，她抱着哆啦A梦储蓄罐对我说道：

“爸爸，电视上一直在播爸爸的公司在募捐，你帮我把这个捐出去吧。”

电视上，许多艺人和运动员正在呼吁为东北地区捐款。

妻子告诉我，由于幼儿园休园，女儿一整天都在看电视。当听到捐款账户是M银行的账户时，她兴奋地喊：“是爸爸的公司！”年幼的女儿认为她爸爸所在的公司在为灾民做贡献*……想到这里，我的心情不禁又振奋了一些，重新充满了工作的动力。

第二天，15日。早上一到公司，我就听说四位课长和支行副行长被叫到了行长办公室，据说是因为客户无法通过网银进行转账。

“这样的情况出现多少次了？”

“什么时候能恢复正常？”

---

* **为灾民做贡献**：在地震或台风等大型自然灾害中，当受灾者遗失印章、存折和银行卡时，仍然可以提取现金。具体方法为通过询问只有本人知道的信息，并将这些信息与银行持有的信息进行核对，如果一致，则认定为本人。例如：“什么时候在M银行开的账户？”“发薪日是几号？”“最后一次提取现金是什么时候？”……不过，提取金额通常存在限制，最多只能提取10万日元。这种应对措施不仅限于M银行，所有银行均是如此。

“该如何向客户解释？”

接二连三的问题抛出来，却没有一个人能给出答案。我想起了昨晚支行副行长提到的系统故障问题。

但此时我们仍不清楚事态的严重性。行长办公室里，五个人双臂交叉、头倾向一侧沉默着，这时已经到了早上9点——开始营业的时间。伴着一阵急促的敲门声，存款课的代理课长跑了进来。

“情况不妙，客户太多，完全应付不过来！”

大家面面相觑。

“我先去看看！”

存款课课长冲出了房间，我们也点点头，跟在后面。在通往一楼大堂的楼梯上，我们一边下楼一边往下看。

映入我们视野的，是和九年前（2002年4月1日）埼玉新都心支行一模一样的光景*——那仿佛就是一场噩梦。

---

* **一模一样的光景**：光景虽然相同，原因却有所不同。这次是由于SMAP等众多艺人在电视上呼吁捐款，作为捐款接收账户的M银行账户收到了远超预期的大量汇款，所以导致了系统崩溃。

某月某日

休息日加班：

隐约的不安

3月15日，M银行各地的常规业务均陷入停滞，所有员工都在忙于向客户致歉。

17日，银行决定临时停用所有支行的ATM，至此所有ATM均不再运行。这一天是系统故障发生后的第三天，管理层终于召开了新闻发布会。

发布会上，M银行声称将在3月19日（周六）到21日（周一，当天为法定节假日）的三天假期*内，停用包括便利店ATM在内的所有ATM和互联网银行，以完成修复工作。在此期间，所有银行员工将会放弃休假，加班受理柜台取款业务。

“三天假期间，每人最多可取款10万日元。”

这一公告被各大报纸大篇幅报道。

由于系统故障，我们当下无法查询客户的账户余额。但按

---

* **三天假期**：如果遇到包含周末的三天连休，通常约有八十万人会使用M银行的ATM机。

照规定，仍要向前来取款的客户发放现金。这样一来，如果前来取款的人银行卡内并无余额，就很有可能无法收回钱款。尽管这是紧急措施，还是隐约让人有些不安。

此时，报道正称赞灾区灾民的道德品质。

“灾民没有发生暴动或抢劫，整齐地排队等待救援物资的发放。”

一定没问题吧。客户会整齐地排队，如实申报自己的账户余额，并在这个范围内领取现金吧。想象着这样的场景，我打消了隐约的不安。

3月19日，我在八潮支行处理业务。销售部门的所有员工都被召去处理柜台事务和维持大堂秩序。从早晨起，客户便接连不断地涌来*。

“为什么只能取10万？开什么玩笑！”

与通过ATM自由取款不同，客户需要在长长的队伍中等待很久，取款金额也有所限制。因此，有些客户会把烦躁的情绪发泄出来，甚至向我们怒吼**。

在这种情况下，一位年长的女性对正在大堂引导的我说：

---

* **客户便接连不断地涌来**：当时在八潮支行，每天需要接待约一百五十位顾客。

** **向我们怒吼**：大多数人虽然带着失望或放弃的情绪，但总体表现得很平静。大发脾气或大声抱怨的顾客占总数的一成左右。

“辛苦了。并不只是M银行有问题，还是要多多注意身体哦。”

听到这句话，我几乎感动得流泪。

来店的客户几乎都希望提取现金*。

带着存折和印章前来的客户需要填写“取款申请书**”，包括存款人姓名、账号和取款金额，并盖章。然而，由于系统瘫痪，我们无法确认印章是否作假。因此，我们会请求客户出示带照片的身份证明（如驾照），并协助复印。

仅带有银行卡的客户，则需出示身份证明，并填写银行卡专用“取款申请书”，我们甚至连密码也无法确认。

当然，最费心的还是判断账户余额。我们只能预估，比如上月底余额约有20万日元，今天应该至少还有10万日元……而如果仅有银行卡，连这种预估都无法完成。

有些客户利用我们无法查到余额这一点，提出了明显不合理的取款理由***，甚至试图骗取现金。

而我们没有精力去细致观察对方是否撒谎。毕竟，是M银行出现系统故障，给客户带来了麻烦。我们的判断自然就会变得宽松。

---

* **希望提取现金**：三天连休内的业务仅限于取款，不受理汇款或转账等。

** **取款申请书**：我们会将取款申请书上的姓名笔迹，与开设账户时申请书上的笔迹进行比对。然而，对于多年前开设的账户，笔迹往往会存在不一致的情况，因此确认工作极其困难。

*** **明显不合理的取款理由**：例如，有经营个体商店的男性说“今天突然要支付100万日元，所以要取出来”，想想就觉得不对劲。

当时的“2ch[1]”上也介绍了这些手法*，明显是诈骗的取款请求日益增长。

值得庆幸的是，销售用的系统**仍然可以查到客户信息，各支行通过口耳相传共享了上月末客户的账户余额情况。

当然，不能仅凭上月末没有余额就妄下判断，也有可能客户恰巧在本月上旬进行了大额存款。不过，仅仅询问当事人本月上旬存入的具体金额，也能够起到一定的威慑作用，抑制不正当行为的发生。

此外，通过在销售用的系统中记录“某时某分在八潮支行提取了多少金额”，并同步给其他支行，也可以防止重复取款。某支行想出了这个主意，并通过传真同步给了其他各支行。这也算是来自一线的智慧。

---

* **介绍了这些手法**：对于网络上流传的这些手法，银行内部也有所了解。虽然有很多可疑的客户，但我们无法判断其操作是否违法，对此也束手无策。最终，三天连休期内的平均取款金额大约为每人6万日元。

** **销售用的系统**：银行内部的网络系统可分为以下几类。①账务类系统：管理客户的账户资金，包括存款余额及利息计算等；②营业支行系统：操作银行柜台的出纳机、存折打印机和ATM等设备；③外部连接类系统：连接其他银行和信用卡公司等。一般来说，企业即便将库存管理、订单处理和销售业绩等系统整合在一起，也不会对业务运营造成影响。但对于银行来说，如果只运行单一系统，很可能会因遭受黑客攻击而导致客户信息泄露。因此，银行将管理资金结算和存款余额的账务类系统和管理客户信息的信息类系统分离开来独立运作，使多个系统并行。在本次事件中，账务类系统仍在运行，因此通过该系统可以查到客户上月末的账户余额。

某月某日

回收专员：

“钱不在我手里了”

系统故障不仅给客户带来了不便，还在诸多方面留下了隐患。其中最为严重的就是客户对银行的信任丧失，导致许多个人客户纷纷解约。我们这些一线员工也因此四处奔波，处理后续问题。

在第二次系统故障发生时，我负责的正是这些“后续处理”工作。

系统恢复后，我们得以核对客户的账户余额，那些“误取”了钱的人就这样暴露了出来。仅八潮支行就发现了超过二十起“误取”事件。针对这些“误取”客户，银行总部向全国各支行下达了“回收”的指示。

回收工作由存款课负责。我们会联系那些被认定为“误取”的客户，说明情况并请求收回现金。80%的人会在这一阶段积极配合。

如果被拒绝，我们只能登门拜访，剩下10%的人会在这一阶段配合返还现金。但八潮支行依然有几个客户没有返还。

至此，我和存款课的课长被支行副行长叫去谈话。

“还有几个客户‘误取’的现金没有回收。这项工作接下来就由目黑课长接手处理吧。”

那时，我的主要工作已经不是原来的销售业务了，作为课长，我被认为是处理这些“后续工作”的最佳人选。

“需要在什么时候完成？”我问支行副行长。

“什么时候都可以。如果你需要一个期限，那就一个月吧。”

支行副行长的表情显露出他对无法回收的现金*并不关心。

拖欠还款者之一是庆应大学的学生，名叫安达。他的账户余额不足3000日元，却取走了20万日元**。

当我拜访他居住的公寓时，他说：“钱已经花掉了，不在我手里了。”他住在一间破旧的六叠公寓里，显然很缺钱。但我不能因为他说了这些话就退缩。这属于诈骗行为，绝对不能容忍。

“这是违法的，你必须把钱还回来。”我说。

同时，我也去了他打工的居酒屋，催促他还钱。而他只是一直坚持说自己没钱。

距离第一次拜访已经过去了两周。某天，当我再次拜访他

---

* **无法回收的现金**：在2011年3月的财报发布会上，M金融集团披露了4亿日元的未回收款项。

** **取走了20万日元**：他在两个支行各取走了10万日元。甚至有更投机取巧的人从东至西在中央线沿线的M银行各支行取款。

的公寓并像往常一样催促还钱时，他表现出了极度的不耐烦，并发出了响亮的咂舌声。

我尽量保持冷静，问他怎样才能还钱。这时，安达的脸色变了。

“明明是你们的错！你们一次次来家里和打工的地方骚扰我！再这样下去，我不保证接下来会发生什么！”

这是赤裸裸的威胁。在向总部咨询后，我报警了。

第二天傍晚，自称是他家长的人打电话到银行，返还了全部钱款*。

---

* **返还了全部钱款**：之后，我一度十分担心警察会不会向大学通报此事，因为我一点儿也不希望他被退学。但后来再也没有听说过他的消息。

某月某日

罪与罚：

一个撒谎的诚实男人的承诺

胜间先生五十多岁，看起来像是工地工人。在M银行情况最混乱的时候*，他到支行取出了10万日元。要求他出示身份证明时，他展示了市政府发放的生活保障决定通知书。柜台工作人员相信了他所说的“账户余额10万日元”，把钱给了他。然而事后发现他的账户里只有850日元。

胜间先生住在简易旅馆，辗转于东京各个工地之间。他没有手机，所以我们无法联系到他。

如果他就这样逃跑，事情也就结束了。但奇怪的是，他竟然主动来到了银行。

“那时我听说去M银行就会给钱。我母亲病了，我想寄钱回

---

* **M银行情况最混乱的时候**：在这期间还出现了以下事件：某支行附近有M集团租赁的员工宿舍楼。通过销售系统查明，三连休期间在支行内大声恫吓的客户中有一位就住在员工宿舍楼内。也就是说，他就是M集团的员工。以为别人不知道自己的身份，就摆出一副嚣张的态度。这让我想起了在匿名论坛上随意发布诽谤中伤言论的人的心态。

家。但我知道那不是我的钱，所以我想把钱还回来。”

他是个很诚实的人。但从另一种角度看，他也撒了谎，所以也不能算完全诚实……

我在接待室接待了他。

他表示想还钱，但生活困难，所以希望每月还1000日元。然而，这样要一百次才能还清，得花上好几年。最终我们达成一致，每月还1万日元，共分十次还清。

当我向总部报告这一情况时，总部的指示是“必须一次性还清*”。

我解释说“这个人表示愿意还钱”，但总部回应道“如果是值得信赖的人，根本不会骗银行。如果他失联了怎么办？”总部的指示也有一定道理，但胜间先生已经表示无法一次性还清，而如果他不打算还钱，一开始就不会来到银行。

在一番争论后，电话那头传来了深深的叹息，总部负责的工作人员说道：

“如果你执意如此，就由支行自行决定和承担责任。”

这是银行内部常用的说法，意思是“出了问题不关我的事”。

太好了！我在心里比了个胜利的手势。

---

* **一次性还清**：银行的思维方式是“借出去的钱会产生利息”，所以不能接受没有利息的分期付款。这可能也是要求一次性还清的原因之一。

如果是急于晋升的员工可能会就此退缩，但正如后面章节所述，我恰好是个“吊车尾”的员工。既然无所畏惧，那就遵从自己的内心吧。

接下来的那周，胜间先生再次现身。

“总部已经确认了，从下个月开始，请在每月月底前将1万日元现金带到支行或存入账户。还有，请想办法提供一个联系方式。”

当我这么说时，胜间先生高兴地点着头。

到了下个月月末，胜间先生真的来了。他从沾满泥土的工地裤子后兜里掏出一叠皱巴巴的千元钞票，放在接待室的桌子上。

“我会把钱还清的，不会给你们添麻烦。”

他晒黑的脸上露出了灿烂的笑容，白牙显得格外醒目。

又一个月，工地负责人打电话过来，说如果有任何问题可以联系他，并提供了联系方式。胜间先生守约了，他是个诚实的人。

那个月末，工地负责人带着胜间先生一起来到了支行。

“听说他从银行借了钱，我就陪他一起来了。我会代他把钱全部还清。”

工地负责人从钱包里掏出9万日元，放在了蓝色的钱盘*里。

“对不起，给你们添麻烦了。”

临走时，站在工地负责人旁边显得局促不安的胜间先生拿出一本书递给我。

“谢谢你。这本书送给你。”那是一册陀思妥耶夫斯基的《罪与罚》**。

“你看过这书吗？”

“学生时代看过。”

“那你可以再读一遍。我已经读了一百多遍了。”

虽然这本书看上去旧旧的，但仔细一看，有过塑封皮，上面还贴有图书馆的标签。

“这不是图书馆的书吗？”

“不是，是我从垃圾堆里捡来的，没问题的。谢谢你。”

他说完向我鞠了一躬，然后追上了工地负责人。我目送他们离开，低头一看，是《罪与罚》上中下三卷里的中卷。

---

* **蓝色的钱盘**：M银行的企业主题色是象征信任和诚实的蓝色，以及象征人性和热情的红色。在与客户交易时使用的小托盘（钱盘）全部统一为蓝色。

** **《罪与罚》**：很适合胜间先生（？）的一部杰作。1866年初次发表，讲述了一名贫穷的青年为了正义杀害了贪婪的放高利贷的老妇人，但在遇到一位献身的妓女后……

某月某日

关乎银行命运的项目：

切换新系统

2002年和2011年，M银行发生了两次严重的系统故障。2002年我在埼玉新都心支行，2011年我在八潮支行。作为面向法人客户的销售，我两次都身处旋涡之中。在那之后，日常工作中只要发生些微小的问题，客户就会嘲讽道："哦，又是系统故障？"这样的情况发生了不止一次或两次，渐渐就形成了"M银行=系统故障"的负面形象。

为了洗刷污名，M银行决心东山再起，投入巨资开发新系统。这称得上是一个关乎集团命运的项目*。

2011年6月，新系统的开发工作正式启动。我们支行的一线操作培训也从这一阶段开始。整个银行都弥漫着"这次绝不能再失败"的氛围。

---

* **关乎集团命运的项目**：这一项目共投入了4000多亿日元，相当于建造七座东京晴空塔的费用。开发规模高达"三十五万人月"。在IT行业中，一个技术人员一个月的工作量被称为"一人月"，也就是说，这一项目的工作量相当于一个技术人员的三十五万倍。

在此期间，我从原来的销售岗被调至事务岗，转任柜台工作（具体过程将在第三章详述）。

从销售岗转到事务岗后，我接触账务系统的机会变多了。虽说是新系统，其实操作也并没有完全改变，只是显示界面有些许不同，操作性稍有改善而已。

而且，由于仍在开发阶段，部分操作流程尚未完全确定，一些细节问题仍然模糊不清，只能一边推进一边完善。

不仅如此，原定于2016年3月完成的系统还连续两次延期。在此期间，一线依然反复进行着尚不清楚全貌的培训。

在这种情况下，总部的高管向各支行行长下达了“务必成功进行系统切换”的指示。

全国各地的支行行长都是销售岗出身，对事务工作一窍不通。就像很少有上班族能答出“为什么踩下油门车子就会动？”一样，支行行长们自然也不明白系统的机制*如何。行长如此，我们也是一样。

在我工作的东京下町下小岩支行，我目睹了支行行长发怒的场景。

“新系统的准备工作进行得怎么样了？要将成果‘可视化’。

---

* **系统的机制**：通常情况下，系统开发会委托给特定的某一制造商。然而，M银行的新系统是按照业务内容分别委托给了不同的制造商，然后试图将它们连接起来。也许是制造商方面不负责任，各种复杂交织的业务的连接工作进展缓慢，导致完成时间不断推迟，费用也超出了预期。

如果工作开展不顺利，把阻碍因素一并报告上来！”

阻碍因素？我们哪里会知道呢？大家都不明所以，气氛却日益紧张。

2017年，系统的开发工作*终于完成。第二年，新系统的切换工作也开始了。为了避免所有支行同时切换而导致无法挽回的系统故障，总部决定以每月二十到三十家支行为单位，分一年时间进行系统切换。

在系统切换的当天，我们于早上6点前到岗，将注意事项牢记于心，为9点开始营业进行着准备工作。我们紧张地检查着操作终端是否正常启动，并于傍晚6点前确认所有操作顺利完成，然后汇报给支行行长。各支行依次进行着这项工作。M银行完成后，下一个是M信托银行。就这样，到2019年，所有支行的系统才顺利完成切换。

这样本该就没问题了……

---

* **系统的开发工作**：银行从内部调动了大量工作人员参与新系统的开发工作，其中有许多来自销售部门。但在开发工作结束后，一些人并不能重返原来的岗位，成了银行的冗余人员。

某月某日

第三次来了：

混乱的远程会议

在全面推进新系统的同时，M银行还开展了存折电子化（无纸化）改革。

据行内知情人士透露，银行每发行一本存折的成本大约为1800日元。此外，虽然存折并不贴花，银行仍需向税务署缴纳印花税。如果取消纸质存折，那么将会很好地削减成本*。

2021年2月28日，星期日。

正如本章开头所述，那天我和家人一起去了横滨中华街，而M银行也正进行着无纸化转型**的系统工作。

2月的工作日天数本来就较少，再加上月底是银行休息日，

---

* **削减成本**：虽然废除存折可以降低成本，但对无法使用电脑或智能手机的老年人来说，纸质存折仍是必不可少的存在。因此，银行决定对希望保留纸质存折的客户收取存折发行手续费。不过，对七十岁以上的老年人则免收这笔费用。银行提前半年进行通知，并要求希望保留纸质存折的客户进行申报。未申报的客户将自动转为电子账户。

** **无纸化转型**：在经历了无纸化转型带来的第三次系统故障后，银行最终决定"暂时延期"电子账户的自动切换。

许多交易都处于“处理中”的状态。此时的系统操作所带来的计算机硬盘超负荷运转，最终成了系统故障的导火索。之后发生的ATM误操作和停机机制对于我来说就太过复杂，难以理解了。

时间来到第三次大规模系统故障发生后的次月周一。

由于系统无法运转，各支行陷入一片混乱。负责统管各支行的部门则忙于处理全国各支行的咨询，此时已无法抽身。

于是，总部的另一部门召集了所有发生系统故障的支行，召开了远程的“支行行长会议”。作为辅助角色，各支行存款课的课长也加入了会议。

显示屏上的画面细分为八十个小区块，会议开始。

支行行长们都在观望，无人开口。

“那我们该怎么办！”

此时，一位年轻的女性课长喊了出来。这句话成了发令枪，课长们纷纷开始了发言。

“操作终端的屏幕没有反应。”

“启动步骤应该没错。”

“有没有应对手册？”

画面瞬间一片混乱。总部的负责人只能在一旁默默地看着这一切。

负责主持讨论的工作人员不知何时已经消失，会议的目的、谁来听取和总结意见、将信息报告到哪里……一切都不明朗。大家纷纷提出自己的意见和问题，但没有人能够给出答案。

过了大约一个小时，一位年长的男性课长仿佛有所准备地开口说道：“如果什么都没定下来的话，我可以回去工作吗？我很忙的。”

这一句话使得画面瞬间安静下来。

“嗯，好的。如果有任何进展，我们会通过邮件通知大家。大家辛苦了。”

总部的负责人结束了会议。

这意味着，支行行长们以及包括我在内的所有课长都没有解决危机的能力，总部也没有下达正确指示的能力。

这场在系统故障*时召开的混乱会议，或许就是我在M银行工作近三十年的缩影。

---

* **系统故障**：在2021年的系统故障发生整整一年后，M银行制作了一部名为《不让那段记忆风化》的影片。该影片模仿了美剧《24小时》的风格，甚至由当时的工作人员亲自出演，再现了当日的应对场景。刚开始观看时，我半是惊讶地觉得这种制作过于荒唐。然而，当看到一位在大堂负责接待的年长男性工作人员的采访时，我深吸了一口气。他在东京某支行工作，当时几乎每天都受到客户言语上的无情折磨。他哽咽着说：“真的很辛苦……”这些一线员工在工作中所承受的，是那些外表光鲜的销售人员、配有秘书的高管和支行行长们永远无法真正理解的。

编者注

1　全称“2channel”，又叫“channel2”“2ch.net”，是日本过去的匿名文字讨论版。

第二章

银行的常识
是社会的非常识

某月某日

住房贷款审查：

银行工作的乐趣

在银行业繁荣的泡沫经济行将结束之际，我迈出了作为银行打工人的第一步*。我的第一个工作地点是号称大阪“睡城[1]”的吹田支行。第一个月的工资**大约是188000日元。

当时我被分配到“客户课”***，从事销售工作。由于大学专业与经济和法律无关，加上记忆力也较差，我在客户课并未被委以重任，而是做一些收款跑腿工作和其他杂活。

---

* **作为银行打工人的第一步**：在找工作时，我曾面试过好几家银行。其中之一就是当时在关西地区很有影响力的S银行。在通过第二轮考核后的面试中，我遇到了一位留着鬈发、戴着墨镜的面试官。他问我：“你能骗来老人家的存款吗？”这个问题让我十分震惊，我回答说：“我不是为了欺骗人而进入银行的。”然后就离开了。当我将这件事告诉F银行的招聘人员时，他们劝解我说：“那是压力测试，面试官是为了测试你的应对能力。如果你因为这些事情就生气，那在银行工作可不容易哦。”

** **第一个月的工资**：这一薪资水平在接下来的二十多年里一直没有变化。到了目前的2022年，我的月薪大约是22万日元。入行后，我在6月获得了第一笔奖金，金额是30万日元。我对课长说：“我什么都没做，能拿这么多钱吗？”课长给我的回答是：“以后你会赚到多得让你讨厌的钱，得表现得更出色来弥补啊。”

*** **分配到“客户课”**：目前日本的大型银行共有三家，然而在我刚入行时，作为这三家大型银行前身的城市银行共有十三家。我当时进入的F银行在昭和40年代曾经排名第一，现在已经在第三位到第五位徘徊。

某个冬天，正当我准备出门去催收时，一位来到支行的男客户叫住了我：

“我想咨询一下住房贷款申请。”

我从未做过住房贷款申请工作，也没有接受过相关培训。而当我试图把这件事交给前辈时，却被冷冷地回绝：“太忙了，你自己去做吧。”没办法，只能自己去处理了。

三十多岁的杉山先生一家共四口人，有两个儿子。大儿子马上要上小学，所以他希望购买一套自己的房子。

我急忙找出其他客户的申请表作为样本，让他依样填写。其次是关于所需的文件的说明，我告诉他需要提供收入证明和不动产登记簿副本。

之后我便将这些材料拿去交给前辈。但由于不熟悉操作，材料不断被退回——“这里遗漏了”“这部分不够”“这里需要更正章”，等等，问题层出不穷。

接着还需要不断地收集、填写、核对各种文件。每当出现错误，就需要进行修正。这期间，我都不知自己去了杉山先生家多少次*。

---

* **不知自己去了杉山先生家多少次**：申请住房贷款需要各种各样的文件。印章证明书、住民票、纳税证明由区役所提供；源泉征收票由工作单位的总务部提供；有关不动产的资料由房地产中介公司提供；涉及建筑计划的建筑确认通知书由建筑公司提供，等等，必须从多个不同的地方收集材料。客户往往因为担心一旦出错就可能无法获得住房贷款而感到焦虑。此时，一位能够提供准确建议的银行工作人员就显得格外重要。

在多次上门拜访的过程中，我与杉山先生的妻子和两个上幼儿园的孩子已经变得非常熟悉。虽然杉山先生的太太总是微笑着欢迎我，但我还是担心自己工作的不熟练会引起杉山先生的不信任，担心他会要求更换负责人，或者转到其他银行……无尽的担忧让我精疲力竭。

如果材料没有任何问题，通常在材料收齐后的两周内就会出审查结果。然而由于我的安排不当，杉山先生等了一个月之久。

而当我终于将整理好的材料提交给课长时，张本课长看了一眼文件就说：

“这种情况审查是不会通过的。完全不行。”

“哪里不行？客户辛苦收集了所有必要的材料……”我问道。

“辛苦？这种穷人根本没有资格买房子。我们又不是慈善机构。如果借给他们，最后大概率还不上。不给他们贷款有时候反而是一种善意。”

吹田支行位于住宅区，专注于推销住房贷款*，所以张本课长的态度让我感到十分困惑。

我开始担心，客户真的会无法偿还贷款吗？如果提高利率，

* **推销住房贷款**：银行所在的位置不同，其主推的产品也会有所不同。商业区的银行主要提供面向企业的贷款，而住宅区的银行则主推住房贷款。

客户又能承受多少？为了说服张本课长，我熬夜制作了相关资料，并在第二天早上重新提交了上去。

“课长，请看一下这些材料。杉山先生那边应该没有问题。如果这还不行，我会去向杉山先生当面道歉，并向他说明审查无法通过的原因。”

“别说这种没用的话，我没时间看你的材料。”

张本课长甚至没有看我递交的材料，就这样做出了决定。

看来要想说服课长十分困难。我脑海里不禁浮现出杉山先生一家的面孔，想象着他们正期待新家，孩子们也期待着就近上学的样子。再一想到该如何向他们道歉，我甚至没有心思再去完成别的工作。

晚上7点多，年轻的职员出去给前辈们买夜宵*。当时加班已经成为常态。虽然日本刚刚取消了周六的半日工作，实行了完全的双休制度，但销售部门的下班时间（在银行里称为“最终退行时间”）最早也是晚上9点，晚的话则正好赶上末班电车。吃完买回来的夜宵，大家还得再加一把劲。

我双手提着满满两大袋夜宵回到银行，在茶水间用热水把

---

* **出去给前辈们买夜宵**：年轻时我曾被派去买杯面、啤酒和小吃这类的夜宵，还曾在茶水间里用水果刀切萨拉米香肠并摆盘。课长看到切得厚薄不均的萨拉米，对着我怒吼：“东西都切成这样，肯定干不好工作！”我低头道歉说：“对不起，下次我会注意的。”心里却暗自咕哝：我又不是为了切萨拉米才来银行的。

杯面泡上，再拆开夜宵包装将其摆放在紧邻办公室的会议室里，正准备出去叫前辈们时，从办公室里传来了张本课长的怒吼声。

“你在说什么呢！”

我站在原地，侧耳倾听。

“所以说，这个贷款一定要通过！如果你拒绝的话，我可不管之后会有什么后果！”

看来他正在与总部的审查负责人争论我提交的住房贷款。这也是我之前从未见过的情景。

第二天中午，当我从外面回到银行时，被张本课长叫到了办公室。

“你负责的那笔贷款，审查通过了。运气不错。”

“谢谢您。”我低头表示感谢。

“知道了就赶紧出去工作吧。”

张本课长依旧用他那一贯的冷漠语气说道。

“谢谢您。”我再次大声道谢。

银行里的等级制度十分严格*。尤其当时的客户课课长，比现在的威风多了。年轻员工几乎没有机会与他们对话，我当时

* **等级制度十分严格**：在银行内部，与初次见面的同事交谈时，对方如果说：“目黑先生，您曾在八潮支行工作过吗？支行行长是某某先生吧？他可是我的后辈呢。”这看似是以共同熟人为契机建立关系的寒暄，在银行却未必如此。有些人会试图通过这样的逻辑来获得主导权：你是某某先生的部下→某某先生是我的后辈→所以我比你地位更高。如果你接受诸如“下次也请某某先生一起出来喝一杯吧”这样的邀请，则通常不会有什么好事发生。

在银行甚至失去了姓名，只是被叫作“喂，小子”。

尽管如此，还是有许多人展现了作为上司的度量，张本课长就是其中之一。

在完成住房贷款手续大约三个月后，我接到了杉山先生的电话。

“前些日子真是承蒙您的照顾。想邀请您一定来我们家一趟……”

我按约定的时间拜访了他们。

坐在餐桌前，我和杉山家两个年幼的孩子一起享用了晚餐。孩子们努力地向我讲述他们那天在幼儿园的趣事。妻子为我盛上炖菜，丈夫为我倒了啤酒。

“今天在您百忙之中还冒昧地邀请您，实在不好意思。能够顺利通过贷款审查拥有自己的家，这一切都多亏了目黑先生您的帮助。”

“其实，我现在才入行第二年。每天都在挨训，都在失败，这次也是我第一次办理住房贷款手续。因为安排不周给您添了很多麻烦……”

说到这里，杉山先生打断了我。

“我早就感觉到这是您第一次了。不过，这些都无所谓不是吗？我得到了您的帮助。接下来我也会继续努力工作，一定按时还清贷款*，绝不再给您添麻烦。”

离开时，正巧遇到一位邻居路过，他帮我们一起在门前拍了张合影。

为客户做过的事情，总会得到回报。杉山一家将会在新家里生活几十年，过上新的人生，而其中有我的一份功劳。这让我感觉银行人的工作也并非全无意义。我第一次真正体会到了银行工作的乐趣。

那天我们五人一起拍的照片，我至今仍然珍藏着。

---

* **一定按时还清贷款**：即使负责的贷款无法按时偿还，也不会直接影响对银行员工的评估。然而，如果在接受申请时没有发现问题，会被视为事务事故；如果明知贷款无法偿还却仍然执行，则会被视为违反服务纪律。

某月某日

结婚的礼节：

“婚礼讲座”之夜

银行职员很难找对象。如果被发现同一家支行的员工恋爱，那么通常会有一方面临工作的调动。

虽然现在许多支行规定了最晚下班时间为晚上9点，但在我年轻时，业务常常是没有尽头的。很多员工每天都要赶最后一班电车回家，与外部人士接触的机会也相对较少。因此，相较于其他行业，银行内部的恋爱和婚姻会更加普遍。泡沫经济前后，女性员工通常会在结婚时选择辞职*。当时普遍存在着“嫁人辞职”的观念，银行也推崇这种做法。在那个年代，如果丈夫是银行员工，妻子即使不工作也能维持生活。

这种观念也不免让人们在背后议论：“仲村明明已经结婚了，怎么还在工作呢？”

---

* **在结婚时选择辞职**：到现在的2022年，几乎没有银行的女性员工因结婚而辞职了。实际上，自我成为课长以来，没有一位女性因结婚而选择辞职。时代已经发生了变化。

“一定是因为她老公不是银行员工吧？”

入行的第一年，我在吹田支行开始与现在的妻子交往*，但我在银行内部刻意隐瞒了这件事。我知道有女性因为与同事交往而被单身的“老女人”排挤，还有男性因此被调职。当时的我认为，保守秘密是最好的选择。

虽然隐瞒了交往的事实，但当决定结婚时，我还是向直属领导**村石课长汇报了这一决定。村石课长虽然在工作上有些马虎，对下属的生活却非常严格和热心。

村石课长以庆祝为名，邀请我去了一家小餐厅，就在离支行不远的地方。我们还邀请了三位前辈一起举杯庆祝。

“婚礼定在什么时候？”

在喝光第三杯啤酒，稍微有些醉意的时候，村石课长问道。

“还没定下来。其实，我和她都不太擅长这些，真的必须办吗？”

所有人停下了筷子，空气中弥漫着一丝沉默。

---

* **开始与现在的妻子交往**：我和妻子亲近的契机是公司食堂。妻子性格温和，常被前辈们推托工作，而我作为新人，工作也积压不少，因此我们总是拖到很晚才吃午饭。因为我们在食堂常常见面，渐渐地也就开始交谈，变得亲近起来。我有时会觉得，决定一生的事情往往就源于这样一些微不足道的偶然。

** **直属领导**：前文提到的张本课长在一年半后调往了其他支行，接替他的就是村石课长。虽然我跟过许多上司，但与他们几乎都没有进一步的交流。我与张本课长和村石课长的交集也仅限于在这个支行期间，之后就完全没有联系了。现在回想起来，至少应该通过贺年卡与曾经帮助过我的人保持联系吧。

“不是要不要办婚礼的问题，是一定要办。”

之前还在开玩笑的村石课长突然变得严肃起来。

“听好了，目黑。既然你已经成了银行员工，就不要想着什么现代婚礼了。婚礼要不要办，决定权不在你们手里，也不在你们父母手里——决定权在支行行长那里。”

在上下级关系严苛的银行环境中，村石课长一直是一个开朗且易于交谈的上司，我与他关系也很融洽。但我还是没想到他会说出这么复古的言论，这让我感到十分惊讶。

“咦，支行行长……吗？”

三位前辈都闭上眼睛使劲地点着头，节奏同步得就像一支由课长领衔的小品团队。

“那我们现在就定一下婚礼的日期。首先，3月和9月是年度末和半年度末，很忙。4月和10月是年度开始，所以不行。6月和12月有很多年终奖存款业务。1月是年初，8月是夏季休假，大家都不在……”

“但是，和我同期进银行的同事是在6月举行了婚礼。”

“那家伙的上司不像我这么体贴，没教他‘银行人的常识’。真可怜啊。”

村石课长带着深切的同情说道。

“还有，媒人怎么处理？”

“婚礼都还没定，媒人什么的……”

“我劝你还是找支行行长吧。三浦，媒人是支行行长对吧？”

“是的。”化身为村石课长小品团成员的三浦前辈用力点点头。

“支行行长的夫人是和服顾问，她和支行行长都喜欢做媒人。这样一来，以后你的人事关系就不会受到影响了。”

“那我怎么去找支行行长呢？”

我根本没有办法随便跟支行行长打招呼。

在F银行，普通员工再往上就是“代理课长”，从这个层级开始被称为“役席”。役席与非役席的地位差别很大*。跨支行或向本部传达重要事项时，必须涉及役席。如果传达给非役席的员工，甚至会被视为未传达。工作上的问题首先要找课长谈，然后是支行副行长，再是支行行长。这是F银行的组织文化和风气。“首先去找支行副行长谈，再让支行副行长帮你向支行行长提出请求，这样百分之百会得到批准。然后你就可以和她一起带些礼物去支行行长的家里拜访了。”

“礼物最好是上等的羊羹。”三浦前辈建议道。

“可是，考虑到女朋友家里的情况，我可能无法立马决定。”

“担心费用吗？如果举办一百人以上的婚礼，红包的金额基

---

* **地位差别很大**：从普通职员升任为役席，即代理课长，是银行职员人事关系的第一个重要转折点。在F银行，职员升任为役席后，其座椅会升级为带扶手的椅子。

本就可以覆盖花销，运气好甚至还能赚点儿零头呢。”

就这样，村石课长的“婚礼讲座”在夜幕中渐渐结束。

次日，我即将结婚的消息被“过于热心”的村石课长报告给了支行副行长，并在当天传到了支行行长的耳中。没过多久，外部的事情就已经安排妥当了。

因此，我的婚礼在翌年2月*如期举行。

至于婚礼**上提供的啤酒，我们选用的是与F银行同属一个企业集团的札幌黑标生啤。在婚礼筹备阶段，我特意指定了啤酒的品牌***。不仅婚礼上如此，在支行的各种聚会和欢迎送别会上，这种做法也一直延续至今。

虽然婚礼非常热闹，但由于前辈们余兴未尽，大幅超出了原定的时间。而且，前辈们擅自点了原本不计划供应的酒类，导致村石课长的预算大幅失误。最初的预算为198万日元，最终账单却达到了280万日元，出现了数十万日元的赤字。

---

* **翌年2月**：妻子因结婚而选择辞职，本打算在1月用剩余的年假来准备婚礼，但因为没有接替她的人选，所以婚礼的前一天她仍然不得不继续工作。

** **婚礼**：关于婚礼的礼金，银行也有惯例。在前一天准备新钞时，从支行行长到普通员工都要协调各自包多少礼金。这样做是为了确保上司的礼金金额高于下属，以免上司感到尴尬。

*** **指定了啤酒的品牌**：由于不是财阀集团，企业集团内部的团结更加紧密。汽车选择日产，家电选择日立，照相机选择佳能，章鱼烧选择日清制粉，公寓选择东京建筑公司……虽然不遵循这些惯例也不会有什么实际影响，但在银行业内，这种横向对齐的做法仍然受到欢迎。

某月某日

突如其来的人事调动：

“明早就动身”

银行几乎每月都会发生人事调动，大规模的调动通常在4月、7月和10月。特别是7月，因为涉及升职，所以人员变动也较大，通常会以两百到三百人的规模进行大迁徙。即使是小规模调动，每月也涉及五十到六十人。虽说这是银行职员的宿命，但搬家也很麻烦，如果有家庭，还涉及孩子转学和让妻子辞去兼职工作，等等——一位同事的孩子就曾在小学期间转学三次。不仅如此，搬家还会造成家具受损，到新地点后家电无法使用时还得更换，总之负担很大。

上午9点，支行行长打来内线电话，让我立刻和课长一起去一趟行长办公室。

要调动了——我立马有了这种预感。我穿上西装外套，和村石课长一起走向行长办公室。

“我……是不是要调动了？”

在走廊上，我小心翼翼地问课长*。

“这个时间被叫过去，大概是吧。”

我们进入行长办公室。

“目黑，恭喜你。你要调动了，去九州的宫崎中央支行，还是做现在的销售工作。你的前任是代理课长，听说要去产业调查部。你是他的继任者，大家可是对你寄予厚望，好好干吧。”

在银行内部，调动是机密信息。如果事先知道调动的时间和去向，可能会出现隐瞒不端行为等情况。因此，人事调动都是秘密策划和执行的，对本人也是突然下达通知。

对于我来说，被调往九州的消息也非常突然。虽然在成为银行职员时就已经做好了这样的心理准备，但当时有一件心事让我十分担忧——我的妻子正好迎来了临产期**。

“还有一个月孩子就要出生了……”

“别管这些，又不是你要生孩子。明早就动身吧。”

调动的目的地不在都市圈内，而且是我从未去过的地方。我不知道该如何告诉身怀六甲的妻子。想到这些，我的内心一阵茫然。

---

* **问课长**：作为我的直属上司，课长会提前知道下属要调动的消息，但不会被告知去向。课长也是在行长办公室第一次得知调动的具体地点。

** **临产期**：当然，自从得知怀孕后，妻子就定期去医院产科检查，并已决定在那家医院分娩。

“谢谢您的关照。这段时间承蒙您照顾了。”

即使调动的地点不尽如人意，也得说说这些客套话。

走出行长办公室，全楼层的人都将目光集中在了我身上。

“调动了吧？去哪里？”

“去宫崎中央支行。”

“哦，恭喜啊，不错嘛。”

这也是客套话之一。人事调动的消息会瞬间在银行内部传开。只有这种消息的传播速度是最快的。

当时已经过了下午3点，我的首要任务是给宫崎中央支行的行长打电话。

“我是今天接到调动命令即将前来报到的目黑，请多多关照。”

“啊，目黑啊。很期待你的到来。”

在和支行行长通完电话后，接着便是给支行副行长打电话，然后是课长，接着是负责总务的女员工……我不断重复着拨打电话的操作。虽然就是让他们顺便转达一下的事情，但这种看似多余的操作也是银行的惯例。

何时去新的支行报到*一般由两位支行副行长商议决定。

---

* **何时去新的支行报到：**通常，交接期为包含调令发布日在内的四天，而基层员工只有三天。在此期间，员工必须跟目前的客户打好招呼，完成书面的交接文件，还要办理孩子的转学，向政府部门提交搬迁申请，联系搬家公司安排搬家，等等，往往会忙得不可开交。

然而，这次我已经被告知必须在明天到任。

日常业务的交接只能草草完成，接下来要先预订机票。

不能让身怀六甲的妻子和我一起去，我决定独自前往宫崎。

某月某日

工作交接：

翻译是个大姐大

我先坐飞机*，再换乘当地的火车，最终到达了目的地的车站。一下车我就惊呆了，这里比我想象的还要偏僻。

银行的支行通常都设在车站附近，但我下车环顾四周，却看不到任何银行的踪影。我上了一辆出租车，把被告知的地址给司机看，司机只简单地“哦”了一声就启动了出租车。五分钟后，我到达了支行。

支行位于一个带顶棚的拱廊商店街旁，顶棚可能是为了遮挡阳光或大雨。那是一栋两层楼的小建筑，比我想象的更小，也更陈旧。

宫崎温暖且日照充足，作为职业棒球春训的基地而闻名，

---

* **飞机**：事实上，这是我人生中第一次坐飞机。且算上这次在内，我坐飞机的次数屈指可数。只有一次是为了观看妻子最喜欢的南方之星乐队的演唱会，我们坐飞机去了北海道，那也是令人怀念的回忆。在长达1/4个世纪的银行人生涯中，休息日和节假日我根本没有时间去旅行，年末、年初和盂兰盆节也只是回老家探亲。

曾几何时也是新婚旅行的热门地点。这里的降水量在全国数一数二，雨势确实和东京大不一样。在我调任的5月，这里满眼的新绿和大海的湛蓝*令人难以忘怀。

上班的第一天，我坐进了斯巴鲁轻型汽车的副驾驶位。当天要和前任谷井先生一起去负责的区域进行交接拜访。

这次需要拜访的客户公司有八十家左右，它们的总部和工厂分布在车程一个半小时左右的区域内。除此之外，还有一百多家由谷井先生负责的客户公司也将由我接手。在车上，我和正在开车的谷井先生搭话。

“其他负责的客户，我也想尽快去拜访一下。”

“忒远了。”

我没听懂他说的是什么，就又问了一遍。

“什么？”

“我说，这里是偏远的乡下，去一趟很远！”

看来他是不想去找那些太远的客户，坐在驾驶座上的谷井先生看上去一直很不高兴。他此次调动将前往位于东京总部的调查部门。

“如果你非要去的话，就找个空闲的时候自己去吧。”

听说谷井先生在宫崎中央支行任职了两年，但他对这里毫

---

* **大海的湛蓝**：宫崎的海非常美丽。虽然没有珊瑚礁，但能在海浪拍打的岸边看到五颜六色的热带鱼。最推荐的是日南市的富土海水浴场。

无留恋，显然看不起这片土地，一心想尽早回到东京。他的不满情绪传递给了坐在副驾驶座上、从车窗望着连绵不断的村道的我。

在这片土地上工作了几天后，我感觉到接下来的工作会很不容易，因为我听不懂这里的方言*。

有一次拜访建筑公司老板的夫人，让她在文件上盖章时，我竟忘了带印泥。老板夫人说了句“まっこちー**”，然后走进书房去拿印泥。我本能地笑了笑掩饰过去。回到支行后，我问了一位本地出身的女性员工奥山那是什么意思。

“哈哈哈！这个你可能不懂吧。‘まっこちー’的意思是‘真是的’或者‘真让人无语’。”

奥山比我大一轮，为人大方，总是笑眯眯的。就这样，她成了我的翻译。每当遇到听不懂的词汇，我就回到支行请她帮忙翻译。

---

* **听不懂这里的方言**：有一次我正在公交车站等车，碰到一位路过的老爷爷对我说“こんど”。乡下人的热心让我感到高兴，我以为他是告诉我等下一班（标准日语中“こんど”是“下一班”的意思）。“下一班车几点来呢？”我问道。可老爷爷还是重复着“こんど”，说完后就离开了。后来我才知道，“こんど”其实是“来んど”，也就是说“不会来”的意思。

** **まっこち～**：“まっこち”是“誠に”在方言中的发音。奥山告诉我，当母亲温柔地责备孩子时，会说“まっこち～”；当宠物调皮捣蛋时，人们则会严厉地说“まっこち！”

“你这家伙是日南太阳花园的摩艾石像*吗？怎么一脸呆呆的？别想太多啦。孩子马上要出生的人了，得打起精神来！”

她性格豪爽，会像热心的大姐大一样鼓励我，细心地帮助我融入这个陌生的地区。

* **日南太阳花园的摩艾石像**：在位于山丘之上，可以一览大海的日南太阳花园里，矗立着七座据说获得了复活节岛长老许可而建造的摩艾石像。

某月某日

颜面扫地：

完美主义者的焦躁

那天一早，支行行长寺川就显得十分紧张。总部的人事部负责人要来访，并计划与宫崎中央支行的几名员工进行面谈。

人事部负责人通过定期进行这样的面谈来评估支行行长是否在妥善管理和运营支行。在那个还没有Zoom会议的时代，不论支行是在北海道还是在冲绳，他们都会亲自出差前往。

来到宫崎中央支行的是一位身材高瘦、看起来三十多岁的人事部负责人。

人事部、经营企划部、销售企划部是负责调动整个银行的人力、制订经营计划、督促支行行长推进业绩的部门，是总部的中枢机构，也是银行职员晋升的精英路线。

银行这一组织中的晋升路线*与其他行业差别很大。相比上述的精英路线，总务相关部门、财务部门、事务部门等则是处

---

* **晋升路线**：晋升路线中的佼佼者可能在三十多岁时就成为支行行长，而对于一些经历了艰辛的人，可能要等到五十多岁。一旦坐上支行行长的席位（管理层），通常会在五十五岁前安排好外派的去处。

于阴影中不被重视的部门。虽然这些部门对于组织来说同样不可或缺，但它们的地位远在创收部门之下。在业务和事务之间，已然形成了业务地位更高的等级关系。无论在哪个支行，只要是业务岗，取得成果就有机会进入晋升通道，而这在难以看出明确成果的事务岗上则很难实现。

此外，支行也有等级（关于“等级”会在后面详细说明）。在等级高的支行里，行长在面对人事部或经营企划部时更有发言权。有了发言权，就能吸引到更好的人才。因此，等级高的支行总是能长期保持优势，而等级低的支行则很难提升业绩。

宫崎中央支行的寺川行长是个近乎病态的完美主义者，他在支行内绝不允许他人犯错。

自然，对于与支行行长评价相关的人事部负责人的面谈，他也变得格外紧张。接受面谈的人被要求做到完美，必须在事前熟记所有可能的问题并给出完美的回答。

然而，意外发生了。当天，原本计划接受面谈的前辈患了严重的感冒，无法前来上班。

于是，人事负责人*表示想和刚刚上任不久的我面谈，而我在当天早上才得知此事。既然是对方点名要面谈，我也没有拒

---

* **人事负责人**：在人事负责人出差面谈的过程中，曾发生这样的故事。人事负责人正在某支行和支行行长面谈，恰逢一位女性员工端来了茶水。她是新入行员工，长相可爱，头脑聪明。人事负责人便向支行行长问起了她的名字：“那个端茶的女孩是谁？”没想到一周后，突然下达了人事调令，端茶的女孩被调任到人事部。简直就像地方官把城里的姑娘掳走了一样。真是令人畏惧的人事部啊！

绝的理由，只得硬着头皮上阵。

“请说明一下支行行长的经营方针。”

人事负责人说道。我到任才四天，对于寺川行长的想法还一无所知。

“我不清楚。我是四天前才来到这里的，现在正处于交接过程中，接下来我正打算了解这些内容。”

“那么，整个支行的存款余额和贷款余额是多少？”

我答不上来，只能说：“我不知道。”然后偷偷看了一眼人事负责人的脸色。

“那么，您所负责的客户的总存款余额和贷款余额是多少呢？”

既然刚才的问题都答不上来，这个问题自然也没法回答。人事负责人似乎在享受我回答不上来的窘境。

“那么，请用一句话来形容一下支行行长是个什么样的人吧。”

“……”

人事负责人一个接一个地提问。对于一个刚到任几天的人来说，这些问题实在是太苛刻了。

我一个问题也没回答上来。噩梦般的面谈终于过去，我筋疲力尽地离开了房间。

在人事负责人离开后，寺川行长叫住了我。

“你真是给我惹了大麻烦啊，让我丢尽了脸。”

寺川行长显然很恼火。那个负责人事的家伙已经向寺川行长告状了。

人事负责人来这里并不是为了评价我们员工，而是为了评价支行行长。所以，支行行长并不希望他的下属出什么纰漏。

“从今往后，你就给我坐冷板凳吧。明白吗？十字架可不是那么容易摘掉的。你做的事情已经严重到这个程度了。别小看我！”

他怒吼着把正在喝的罐装咖啡*扔了过来，咖啡砸在了我的大腿上，随后滚落在地，溅湿了我的西装，淌到了地板上。

“非常抱歉。”

我低头道歉，但寺川行长的怒火并未平息。他抓住我的领带，狠狠地扭了起来。

“从现在开始，你就做好准备一直受苦吧！要恨就恨自己的命运吧！”

寺川行长怒气未消，还踢飞了走廊里课长的椅子，然后就这么离开了。

寺川行长一直以来都会亲自教导面谈的员工如何回答问题，花费大量时间进行排练。他大概是觉得，这次和人事部的面谈

---

* **罐装咖啡**：支行行长经常喝的是sun A（宫崎县农协果汁株式会社）的tegena咖啡。“tegena”在宫崎的方言中是“非常”“特别”的意思。sun A的饮料在宫崎县内的学校供餐中也很常见。

就是被刚刚来到这里的我给搞砸了。

担任“翻译”的奥山用抹布擦掉了洒在地上的咖啡，并朝我招手让我到茶水间去。

“别放在心上啦。”

奥山在水池边仔细地清洗抹布。

“他总是那样子的。”

“……”

“没事的。小伙子真是可怜啊。真是的，真是的！”

奥山小姐故意用浓重的方言这样说着，说着说着就笑了起来，我的心情也稍稍平复了一些。

就这样，我在银行度过了一段难熬的时光。那天工作结束时，已经是晚上9点半，回到单身宿舍已是深夜1点多。尽管如此，我还是给妻子打了电话，电话很快就接通了。

银行有一条铁则，那就是要保守客户的秘密，绝不能向外界透露，即便在家也禁止谈论银行内部发生的事情。入行时，我们都签了誓约书，这也是银行的服务纪律*之一。

---

* **服务纪律**：银行有各种各样的服务纪律。据说某支行所在地邻近一个人气偶像团体的事务所，有一天某团体成员来到了支行。恰好一位女性员工是他们的粉丝，于是拍了照片用LINE发给了妹妹。结果妹妹把照片转发到了推特上，偶像团体的事务所对此提出了抗议，认为这涉嫌信息泄露。最终，这位女员工因违反服务纪律而受到处分，作为管理者的支行行长和支行副行长也受到了减薪的处罚。

不过，实际上没有哪个银行职员能做到只字不提，银行职员的妻子一般也会对此表示理解。此刻，我很想向妻子倾诉一下今天发生的事情。

然而，在听到妻子声音的那一刻，我又觉得不该把那些事告诉正怀着身孕的她。

“我这边一切都好。你那边怎么样？”

我们聊了大约十五分钟。我告诉她，虽然宫崎这边的人说话比较难懂，但大家都很热情，看起来一切都能顺利进行。我还告诉她周末会回去，然后就结束了通话。

某月某日

信口开河：

全力以赴的“请求式销售”

每天早上7点30分晨会开始。会议开始前五分钟，寺川行长就会出现在会议室中。加上需要提前将当天会议要汇报的内容告知课长和支行副行长，所以大家需要在7点前就到岗*。

发言按年龄顺序进行，我在五个人中排第三。汇报内容包括本月的销售目标、收益目标金额以及截至昨天的进展情况，还要说明未达标部分的应对措施，准备向哪些客户推销什么产品，等等。

在支行副行长海老原的主持下，会议开始了。

“早上好。6月13日星期三的晨会现在开始。整体安排没有特殊事项。支行行长的工作安排主要在银行内，与总部的经营

---

* **7点前就到岗**：M银行的招聘简章上写着“上班时间为8点40分，下班时间为17点10分”（截至2022年）。实际上并非如此，目前全国各地支行的上班时间大多是早上8点。如今，比起年轻员工，倒是那些认真负责的支行行长和支行副行长更早到达办公室，忙于查看总部发来的邮件。顺便一提，目前我的上班时间是7点30分，8点打开大金库也是我的职责之一。

企划部进行关于业绩推进的企划讨论。那么，现在请矢野课长开始汇报。”

矢野课长开始汇报整个部门的业务目标进展情况。

“业务毛利润*的目标达成率为48%，与上月底持平。贷款增加额的目标达成率为38%，比上月底减少了7%。存款增加额的目标达成率为45%……”

他用平淡的语调继续着数字的汇报。

“现在已经是周中了，大家要尽快追上目标数字，否则就来不及了。至于我今天的计划，我会在银行内准备审批文件的资料。”

他这样说完，结束了汇报。矢野课长是那种看起来没有什么干劲的人，但奇怪的是，寺川行长从未批评过他。

接下来是各个负责人的汇报。我第三个发言。

“早上好。我本月的业务目标，在业务毛利润这一项中，目标是500万，目前尚有350万未完成。对此我深感抱歉。呃，今天的计划是……”

“说具体点！去哪里？做什么？能赚多少？你打算怎么办？”

前两个人都顺利通过了汇报，但寺川行长对我的发言进行

* **毛利润**：在一般企业中，销售额－成本＝毛利润，但在银行中，毛利润是指银行对其所持有的资产进行运作所获得的利息、从客户那里收取的手续费、出售所持有的国债或外汇所获得的收益等，再减去支付给客户的存款利息以及为筹措资金所花费的成本后的金额。

了严厉指责。自从人事部那事后，我显然已经成了他的目标。

我的心脏突然一阵刺痛，心跳急剧加速。能感觉到汗水从腋下和脖子上涌出，喉咙也开始变得干燥，仿佛要粘在一起。

“是……是的。首先，关于衍生品的销售对象……”

“不对！我问你今天能赚多少！我不想听那些根本做不到的事！我再问你一次，到底多少？”

“10……10万。”

“好，你说的。10万，就算拼了命也要给我做到！你说的这个数字，这周一天都没达到过。差不多也该停止当个混吃等死的薪水小偷*了吧？”

“我会做到的。”

“去哪儿做？做什么？说具体点！”

“让太阳工业把本月在A银行办理的一百笔汇款改由我们银行来办理。”

我信口开河道。这个提议我上周已经向太阳工业提出过了，他们也已然拒绝了我。

“你能做到吧？你可是说了要让他们来的！拼了命也得让他们来！光靠口头承诺可不行。晚上给我看证据！”

---

* **薪水小偷**：泡沫经济时期流行的广告语“能二十四小时作战吗？”并非用来讽刺“黑心企业”，而是意味着从早上起床到晚上睡觉，甚至连梦中都要做企业的战士。这种风潮在这个时代依然存在，为公司带来利益的人才是引领“潮流”的人，无法带来利润的人则会被视为不合群、不优秀。

“好的。”

“汇款手续费是多少？”

“根据汇款金额有所不同，大概是500日元……”

“500日元一百笔，那就是5万。剩下的5万怎么办？”

“外汇存款，然后……签合同……从日元换成美元，就是……”

“哪家公司？说来听听。”

“月川精机和星泽建设。”

“听好了，剩下的5万，想办法用外汇存款来补！他们具体要存多少？”

“5万美元……大约600万日元*。”

“你们都听见了吗？今天，目黑要搞定600万日元的美元存款。你们都是证人。”

他说完这句话，我才得以解脱。

虽然这段时间只有十五分钟左右，我却感觉像过了好几个小时。总算暂时从这漫长的攻势中缓过了一口气，但这也只是将问题延期了而已。

会议结束后，一位叫诹访的后辈在洗手间里向我搭话。

---

* **大约600万日元**：按1美元兑120日元来计算。

“目黑前辈，您还好吧？刚才说的，真的能做到吗？”

“做不到吧。”

“我明白您的心情，但怎么想都不可能做到。还是早点说做不到比较好……”

“现在就说吗？那样的话岂不是更惨？”

“也是。我今天也什么都没搞定。目黑前辈，您也别太钻牛角尖了，到时候我们一起挨骂吧。”

诹访性格开朗，虽然算不上帅哥，但笑起来像个少年般可爱。如果他在东京的话，肯定很受欢迎，他却只能在这家充满职场霸凌的支行*度过本该是人生中最快乐的二十多岁。

早上9点多，我和我的搭档——斯巴鲁轻型车**一起前往拜访客户。开车途中，我一直在想该如何向晨会提到的第一个拜访对象——太阳工业的财务部长开口。这件事占据了我全部的思绪，以至于我没有注意到信号灯已经从红灯变成了绿灯，导

---

* **在这家充满职场霸凌的支行**：被分配到哪个支行会直接影响银行员工的命运。即使进入F银行，有的人在这种充满职场霸凌的支行里苦苦挣扎，而有的人则在金融界的中心——纽约，光彩夺目地大显身手。让人没想到的是，在这之后美国发生了“9·11”恐怖袭击事件。F银行纽约支行正好位于客机撞击的世贸中心大楼的高层，当时在那里的连同当地雇用的员工在内共有七百多名员工。命运就是这样曲折离奇。

** **我的搭档——斯巴鲁轻型车**：我的另一个好搭档是本田超级小型摩托车。骑小摩托车更加灵活，而且不用每次都找投币停车场，这是一大优点。头盔是支行一代代传下来的，上面浸透了前辈们的汗水，是个有年头的旧物。顶着炎炎烈日骑着小摩托穿行于全国的街道……这些如今都是遥远的回忆了。

致后面的车按了很长时间的喇叭。

“这不可能，目黑。这个世界上的事情分能做到的和做不到的，对吧？”

对于我直接提出的将一百笔汇款转到我们行的请求，太阳工业的财务部长当场就拒绝了。

“哪怕只是这个月，可以拜托您帮个忙吗？”

“我没有任何理由做这种不合逻辑的事情。如果我们在A银行的汇款一下子减少一百笔，会让他们怀疑我们公司出问题了。”

“请您一定想想办法！”

“都说不行了，我现在很忙，请你别再为难我了。”

这也是意料之中的事。太阳工业没有任何理由将一百笔汇款从A银行转到F银行。我甚至没能进入他们的办公室，只是在门口站着聊了几句就结束了。就这样，第一笔5万日元泡汤了。

接着前往月川精机。这次是外汇存款。子弹只剩下两发了，希望这次我能命中目标。

“社长不在。”

前台的女员工抱歉地说道。

“请问他大概什么时候会回来呢？”

“这个……不太清楚。”

停车场里停着社长的皇冠车，他肯定是躲着不见我。这也情有可原。上周和上上周我也是这样来拜托他的。即便见了面，他也知道我要说什么。肯定是已经厌烦，不想再见我了。

终于，只剩下最后一发子弹了——星泽建设。

“今天要5万美元吗？我之前就说过，下一次进口在秋天。再说了，也还没决定就在你们这儿换美元呢。别为难我了。”

“真的不行吗？”

“别说这种让人为难的话，你知道我这边更为难啊。”

“真的不行吗？”

“你这个人真是啰唆，放弃吧，做不到的事就是做不到啊。”

“也是。一直提出这些无理的请求，真是抱歉。”

就这样，今天早上寄予希望的三家公司全都落空。在被星泽建设拒绝的那一刻，我感觉自己一天的力量瞬间消失，已经提不起任何干劲。

腕表指针指向正午，现在是全日本的午休时间。这个时间无论是去拜访客户还是打电话都十分失礼，因此我通常会把这一个小时用来整理上午的拜访结果，或者用作移动时间*。

---

* **用作移动时间**：银行禁止员工在餐厅用午餐，因为如果在此期间车子被盗，重要文件被窃取的话，将导致客户信息泄露。对于外出跑业务的银行员工来说，午餐只有两个选择：要么在车里吃早上买好的便当，要么使用快餐店的汽车餐厅服务。

离返回支行进行下午的汇报还有五个小时。我一边不断鼓励着自己“想办法做点什么吧”，一边又觉得“已经不行了”，不如干脆放弃。两种念头在脑海中激烈交战。

这种销售方式叫作“请求式销售”。销售人员为了公司的利益一味地向客户请求，从而取得成果。然而，这种方式无法长久。生意本该互惠互利，一味地索取而没有给予，只会让对方感到厌烦，失去对方的信任。持续这样的销售方式，也会动摇自己在工作上的价值观。每天都在为了对谁都没好处的项目拼命低头，这份工作究竟有何意义？一旦开始思考这个问题，就只能得出一个注定的结论，我只好干脆不去想了。

回去的路上，我的心情格外沉重。成果为零，既不能早早回到支行，也没有其他地方可去，我就像人造卫星一样，开着车在支行周围不停地绕圈，尽量拖延时间。

最终，无奈之下，我把车停在了支行的停车场，迈着沉重的步伐朝银行走去。途中我遇到了诹访，他低着头，步伐沉重，大概也是一无所获。

“前辈，辛苦了。”

“怎么样？”

“……”

他摊开双手，摇了摇头，意思是彻底没办法了。

“您呢？”

我用同样的动作更夸张地回应他。

“那就挨骂吧。”

“是啊。”

我们相视而笑。人一旦陷入绝望的境地*，反而会不由自主地笑出来。

* **绝望的境地**：这样的日子持续了好几个月。即使在二十多年后的今天，我和诹访仍然会在新年互相寄送贺年卡片，保持联系。大概是彼此心中都背负着那段艰难岁月的记忆吧。

某月某日

文书工作的真相：
回到宿舍要做的事情是……

下午5点，晚间汇报会开始。负责“翻译”的奥山正给寺川行长的茶杯倒茶。

“那么，目黑。”

这个人平静地直呼你名字时是最令人害怕的。这是暴风雨前的宁静。

“你应该完成了吧？”

“今天拜访了七家客户，然后……”

“到底是完成了，还是没完成！”

行内一片寂静。

“那个……没完成。”

支行行长露出了似笑非笑的表情，仿佛在说：你看吧。

“你说过要做到的，对吧？难道是我听错了吗？副行长，这家伙今天早上说他要完成10万日元的目标，你也听到了吧？”

支行副行长微微点了点头。

“今天一整天，你都在干什么？”

“是，我先去了太阳工业，然后……”

我刚开始解释今天的行动，寺川行长就发出了喝茶的声音。

“全都是借口。我已经听够了。要我说，你根本就没什么用。只能一个劲儿拜托别人，却根本没人愿意听你的请求，那就别做销售了，行吗？”

我无法反驳。在那一刻，我只希望这段痛苦的时间能快点过去。

“之前人事部来的时候我已经说过了。如果你不行，就立刻把你从销售岗位上撤下来。在这家银行，一天连10万日元都赚不到的人没有存在的必要。”

上任的第四天，我触怒了寺川行长，那时我就已经被他放弃了。

晚上7点，汇报会结束后，文书工作才刚刚开始。我全神贯注地填写贷款的审批文件，晚上9点开始准备收拾东西。这里的“收拾”并不是指把文件收好，而是指为带回家工作而挑选需要的资料。无论有多少工作，9点半前必须离开支行。在此之前，我要使用那些不能带出银行的资料*，在便笺纸上把文件的提纲匆忙写好。

晚上10点，回到单身宿舍后，住在一起的四个人首先会把宿舍管理员阿姨准备好的晚饭加热，然后拿到食堂里吃。食堂的电视里播放着NHK的新闻。这个地区只有三个频道，民营电视台的电视剧要延后一周才能看到。白天像沙袋一样挨打的我们呆呆地看着电视，就这样结束一天的晚饭。

饭后，大家按照默认的年龄顺序依次洗澡，然后立刻回到三叠大的单人房间，继续专心进行文书工作。

“目黑，你们这些负责法人客户的员工怎么总是在忙文书工作啊。每天忙到半夜，有这么多事情要做吗？”

曾经有在柜台工作的女同事这样问我。除了白天跑客户以外，我们的工作确实很难让人理解到底在做什么。

我们要汇报关于对接客户（特别是贷款客户）的业绩情况和财务状况的分析，以及正在发放的贷款的还款情况、所持抵押品的变化情况和附带的交易状况，等等。此外，还要总结我们是否从中赚到利润（收益性），以及今后如何与该公司进行交易（是撤出、缩小规模，还是积极扩大支援）。这些意见和分析

---

* **不能带出银行的资料**：带有客户信息的资料当然是禁止带出的，即便只是放在储物柜里也不行。我的朋友是学校老师，最近他们也被禁止将成绩单带回家进行评分工作。

必须向审查部门汇报。由于这份报告可能直接影响到贷款是否终止，甚至关乎公司的命运，所以需要格外谨慎。

就这样，负责法人客户的同事每到决算期*都会因为写报告而几乎没有休息时间，整天忙于文书工作。

为了完成一份完整的报告，在营业期间了解客户的年度经营计划等信息是必不可少的。如果遇到紧急贷款项目或突然破产等意外事件，处理这些事务也会让人疲于奔命。

然而，这种文书工作本身并不会带来一分钱的利润，因此，业务的本质还是在于白天的销售活动。如果业绩不佳，就会在早晚的会议上被狠狠地训斥一顿。

当我在宿舍里进行文书工作时，有很多次都是想着稍微休息一下，结果就一觉睡到了早上。像今天这样被支行行长训斥的日子，可以说是精神上的疲劳叠加身体的疲劳，整个人都筋疲力尽了。

那时，每到周五晚上，我都会开车回**大阪和妻子团聚——周末无论如何都想和家人一起度过。

---

* **每到决算期**：在日本，很多企业都是3月决算，因此这些企业的决算书通常会在5月底完成。那时，我们就要彻夜分析从贷款客户那里收集来的决算书。

** **开车回**：那还是没有ETC（全自动电子收费系统）的时代，我半年往返的高速公路费用超过了80万日元，单程就需要9个半小时。开车很累，我有时会中途在服务区躺下休息，因为睡眠不足一觉就能睡到早上，甚至还起不来。

周六接近中午时回到家，看见妻子和刚出生的孩子的脸的那一刻，我的内心才得到一丝安慰。周日也基本上是睡过去的，而到了中午又要启程前往宫崎。然后，新的一个星期再次开启。

某月某日

夏季彩票：

不安→怀疑→喜悦

这样的生活持续了大约九个月后，我的身体终于发出了警报。在一年一度的例行体检中，因为血尿和心律不齐，我被要求进行复查。

因为对接的一位客户是心血管科的私人执业医生，所以我在工作时间去做了检查。为了监测心律不齐，医生要求我连续二十四小时佩戴心电图传感器。

一周后，医生打来电话。

“今天中午午休时间能来诊所一趟吗？”

“没问题，我会去的。”

难道是发现了什么不好的状况？这突然的召唤让我越发感到不安。因为是午休时间，前台没人，医生穿着白大褂亲自出来迎接我。

“医生，心电图有问题吗？”

“心电图？是什么来着？”

“就是您上周让我戴的那个监测器。”

“啊，对，那个啊。”

他走进里面的房间，拿出一份记录了监测结果的文件。

“心脏呢，一直在跳动，有时稍微停一下，也没什么好担心的。不过早上和傍晚，你的心跳好像变得特别剧烈。是跑步了吗？”

我一下子明白了。是会议造成的。身体是诚实的。

“这种情况经常有，没事没事。不过啊，目黑，我想让你看看这个。”

他那句“没事没事”，我感觉并不是在关心我的身体，而是为了转移话题。他根本不在意我的身体。刚才的不安感消失了，取而代之的是对这位医生的不信任感。

医生笑眯眯地从口袋里掏出了一张报纸的剪报。

那是夏季巨奖彩票*的中奖号码列表，2000万日元的那一栏被红笔画了线。

“啊？！”

医生故作平静，满是得意地看着我惊讶的表情。

“恭喜您啊。”

---

* **夏季巨奖彩票**：夏季巨奖彩票始于1979年，当时的一等奖是2000万日元。到了2012年，一等奖奖金高达4亿日元（加上小奖共5亿日元），截至2022年，一等奖奖金为5亿日元（加上小奖共7亿日元）。这次的“2000万日元”并不是一等奖，但这个金额清晰地留在了我的记忆中。

“我叫你来呢，是因为现在现金在保险柜里，想让你把它带走。”

“奖金吗？”

“我老婆说想给这2000万日元的现金拍张照，所以就特意以现金的形式取出来了。顺便呢，你能不能帮我好好运用一下这笔钱？”

由于周边的心血管科诊所比较少，所以这家医院患者很多，生意兴隆。这位客户的父母是医生，他本人也是医生，家境殷实的他在这地方少见地开着法拉利。这样的人居然还能中彩票，世间竟是如此不公。

然而，他是重要客户，更何况他还主动提出想要运用这2000万日元。我开始全力思考。

“这有一定风险，要不存外汇存款怎么样？如果是澳元的话，有的年利率可以达到15%以上。不过，兑换回日元时，如果汇率不利，日元升值的话，可能会导致本金亏损，不过那时只要长期持有，风险就能得到一定控制。”

“那就这样办吧，反正这笔钱是偶然得来的，也没什么特别的用途。”

“明白了！非常感谢！”

意外的收获让我激动得声音都高了起来。兑换成外币的手续费就有20万日元，这可是一笔不小的金额。

一开始突然被叫来的不安到中途变成了怀疑，最后又变成了意想不到的喜悦。经历了这一番，今天的任务总算完成了。血尿和心律不齐似乎也没什么大问题了。最重要的是，我终于可以理直气壮地向支行行长汇报了。

某月某日

10亿日元的贷款：

整个团队的目标

一如往常的单身宿舍*晚餐时间。

“我可能要拿下樱田工业的融资项目，金额是10亿日元。”

诹访这样说道。

“10亿？真的吗？”

宿舍里年龄最大的代理课长西山先生惊讶得喷出了嘴里的米饭。

据诹访所说，他经常跑樱田工业，赢得了社长的信任，最终成功地将原本已经决定由主办银行全额发放的融资项目的一半，也就是10亿日元的贷款额度争取给到了F银行。这一消息

---

* **单身宿舍**：单身宿舍有多种类型，既有设有共用浴室和食堂的集体宿舍，也有类似公寓的独立式宿舍。已婚员工则提供员工住宅。所有住宿设施的租金都非常便宜，公司还会给予一定补贴，但质量参差不齐，其中有些宿舍陈旧破败得令人难以置信。到2022年，M银行几乎不再拥有任何公司宿舍，因为银行改变方针，将所有资产进行了出售。现在，员工需要自己寻找私人租赁的房子，由银行作为承租方，员工向银行支付住宿费。在东京，银行则会将大楼整栋租下，供从地方来东京的单身员工居住。

让平时沉闷的晚餐场面瞬间变得热闹起来。

本月，宫崎中央支行的贷款余额目标还差3亿日元没有完成。

对销售人员来说，完成目标就是任务。每个成员都完成自己被分配的目标，整个团队（支行）的目标也就能够相应达成。支行的业绩好坏会直接影响奖金的评定*，针对员工的个人评价也会受到很大影响。在宫崎中央支行这个团队中，如果有人掉链子，就必须由其他人来填补这个缺口，所以自己绝不能出任何差错。

“目黑，你是贷款余额增长的推进负责人吧。支行整体的贷款余额目标还差多少？”西山问道。

“大概还差3亿日元吧。”

“那这次就靠诹访的项目来一举逆转了！”西山兴奋起来。

诹访有些局促不安地插话道：“我还得写申请报告。我从来没写过这么大的项目，没什么信心。”

“没事，别担心。我们一起分工来做。对吧，村上、目黑。”

比我大两岁的村上和我一起点头。

“好，咱们两天内完成。村上负责制作业绩变动表，目黑，

---

* **奖金的评定**：截至2022年，年度两次发放的奖金评定方式如下：根据个人的职务等级发放的“基本奖金”占50%（这一部分对于同一等级的人来说差别不大），上一年度所在支行或部门的业绩加成部分占30%，剩下的20%则是个人业绩加成，设有十三个详细的评价等级。也就是说，即使个人业绩再好，如果支行业绩不好，奖金也不会理想，反之亦然。因此，销售人员为了争取奖金，既要拼命提高个人业绩，也要尽力提升支行业绩。

你负责对作为担保的不动产进行评估。”

“明天上午我会经过樱田工业附近，到时候我会拍照片并制作评估报告*。”我立刻回答道。

“好！我来写申请报告的框架，诹访，你来写意见，把你多么想做这个项目的心情都写进去。”

“是，当然！”

诹访的眼神变得坚定起来。入住单身宿舍将近一年以来，这是我们四个人第一次如此热烈地讨论工作。我也因能和同事们一起承担这个重大任务而内心激动。我们，是一个团队。

第二天的晚间汇报会上，寺川行长像往常一样对大家大声斥责，但我完全没有放在心上。因为我们四人心中都有同一个明确的目标。

我们一心只想尽快推进，四个人在宿舍的客厅里彻夜赶工，终于在两天内完成了这个任务——要是一个人做的话，至少需要一周。最终完成的申请报告在我看来完美无缺。

第二天早上，矢野课长看到桌上的申请报告**，惊讶得睁大

---

* **评估报告**：本该由银行的关联公司来负责这项工作，但因为是在宫崎这样的偏远地方，如果从东京派人来调查，时间太久，肯定来不及。因此，我们决定先做出一份临时的评估报告。

** **桌上的申请报告**：如今的银行已经将会签整合进了内部系统，不用再将文件放在裁决箱里。但仍有一些业务通过纸质文件传阅，因此未裁决箱和已裁决箱依然存在。过去为了让申请报告尽快得到批复，大家会想尽办法拼命争取。例如把自己的报告放在竞争对手的报告上面，或是把便利贴贴得整整齐齐，等等。

了眼睛。

“这是之前提到过的樱田工业的设备资金项目，对吧？诹访，写得不错啊。”

课长很快就盖好了传阅章，将文件转给了支行副行长。支行副行长也反应迅速，立即传阅。看到这一幕，西山竖起了大拇指，我们相视一笑。

像这种贷款金额达到10亿日元的融资项目，地方支行的行长是没有权限审批的，需要由总部的审查部门进行决策。在支行加速发展业务时，审查部门的职责就是踩下刹车。所以我们一直认为审查部门这一关将是最大的难题，通过他们的审核至关重要。

那天傍晚，寺川行长叫来了矢野课长和诹访。

“关于这份申请报告，10亿日元的贷款金额是不是太多了？”

他的声音在办公室回荡，这让我简直不敢相信自己的耳朵。因为平日里，在早晚的汇报会上，一直催促我们提升贷款余额的正是寺川行长。

“樱田工业的主办银行已经决定提供20亿日元的支持，我们好不容易才分到了一半。”

诹访拼命解释情况。

“是吗，那就让主办银行全部贷给他们好了。这个案子我们放弃，你去告诉他们。”

“那个……支行行长……”

诹访惊讶得说不出话，一旁的矢野课长也只是沉默地站着。

“我不喜欢这家公司的社长。是那个自大的厂二代吧？我讨厌那家伙。”

从背影看，诹访的脸一直红到了耳根，被课长拍了拍肩膀后，他退了下来，径直冲出了房间。西山立刻追了上去。

空虚、悔恨、愤怒……各种情绪涌上心头。

那天晚上，宿舍晚餐又恢复了往常的景象。我不知道该对诹访说些什么，只是默默地看着NHK的新闻。

直到后来的某天，当我外出拜访客户回到支行时，诹访满脸笑容地朝我跑了过来。

“前辈，支行行长要调走了！”

支行行长的调动属于特别事件。首先，支行的人事部会通知支行行长，支行行长再通知支行副行长，然后逐级传达给各课的课长*。之后，消息就会在下属之间传开。

“真的？”

诹访说他特意在停车场等着，想亲自告诉我这个消息。诹

---

* **逐级传达给各课的课长**：从此刻开始，各位课长们就各自忙碌起来了。负责维护客户关系的课长要为重要客户安排打招呼的会面；负责存款的课长则要向相关部门提交变更申请。此时大家都还不知道新的支行行长是怎样的人，但为了给新行长留下一个好印象，各课的课长们都会竭尽全力做好准备。

访跟随寺川行长两年，我则跟随了一年，我们是并肩作战的战友。

支行行长的调动就像“株式会社宫崎中央分公司”这种中小企业的社长更换一样。被宠爱的人会感到失落，而被压迫的人则会欢欣鼓舞。

“是真的吗？”我确认道。诹访则严肃地回答：“如果是梦的话，我希望永远不要醒来。”

这个消息在支行传开两周后，寺川行长就调走了。

某月某日

全国顶级：
“被期待”的初体验

“目黑，你真了不起啊。听说你学了很多，考了好几个难考的资格证，对吧？”

为了对银行业务有所帮助，我考取了几个国家资格证。当时的我没有任何职务和头衔，如果取得了资格证，也许就可以作为头衔放在名片上，也能给我带来自信。

新上任的支行行长青田在吸烟室里夸了我这一点，此后也时常关心我。这是入行以来第一次有人对我抱有期待，让我这个在银行里一直默默无闻的普通人重新找回了自信。

在青田行长的领导下，我被赋予了更多的自主权。我将市町村役场[2]作为新的业务拓展目标，四处奔走。

大城市的银行要与市町村这样的乡村行政组织开展新的业务往来并不容易。乡村行政组织通常比较保守，倾向于继续和地方银行或信用金库[3]等与当地联系紧密的机构合作。

那么，怎样才能让已经有主办银行的市町村开始与F银行建立新的合作关系呢？

关键在于，提供超出对方预期的响应速度和主办银行无法跟进的交易条件。此外，最重要的是通过负责人的热情，让对方觉得F银行是值得合作的银行。

我以人口数千的小镇为突破口，通过地方财政负责人的引荐，逐步向周边村镇推进，进行着新业务的开拓。

此外，我还策划了一个商务对接计划*，将当地产业与F银行全国各地的客户进行商业配对。

青田行长的赏识成了我的动力，我被不知从何处涌来的力量推动着，销售业绩也迅速提升。不知不觉中，我已成为F银行全国顶级青年才俊三十人之一**。

某天，从东京出差回来的青田行长把我叫了我过去。

“目黑，你多大了？”

当时我已经三十多岁。

“还没能升职吗？”

---

* **商务对接计划**：近年来，以东日本大地震后全国信用金库联合成立的“优质工作共创网络”最为著名。该网络通过将千叶县的水产加工企业对接福岛县的材料制造商，成功开发了以贝壳为原料的抗菌材料，这一案例广为人知。

** **成为F银行全国顶级青年才俊三十人之一**：那时，银行会对优秀员工进行表彰，特别优秀的员工大约会有十人被召集到总行，与行长一起享用由东京皇宫酒店提供的午餐。三行整合成M银行后，事务部门也拥有了表彰的机会。表彰不仅限于个人，也包括了团队，甚至还有跨部门的项目团队。顺便一提，表彰者的推荐人是支行行长，但撰写推荐文的工作往往由课长来完成。

普通员工的下一个晋升职位是代理课长。如果按正常的进程，那个年纪我本该已经是代理课长了*。

“我和人事部聊过了，怎么你连代理课长都还没升上去。听说你还背负着一座‘十字架’啊。”

我大吃一惊，胸口像被堵住了一样，脑海中闪过调到宫崎中央支行第四天发生的那件事。

“你的业绩不错，我也和人事部商量过，想升你为代理课长，但没能成功。如果某位支行行长给了你最差的人事评价，你就会背上两个‘×’。即使下一位支行长给你最高评价‘○’，‘×’也只会减少一个。而你要有两个‘○’才能升职。”

这是我第一次听说银行内部有这种人事评价机制。

“我现在唯一能做的**，就是把你调到一个大型支行。在那边好好干吧目黑，可别消沉哦。”

所谓的大支行，指的是埼玉新都心支行。

宫崎县五濑町有着日本最南端的滑雪场。那年11月，当地

---

* **那个年纪我本该已经是代理课长了**：和我一同进入银行的同事最早的二十八岁时就成了代理课长，三十三岁就升为了课长。

** **我现在唯一能做的**：支行行长的工作之一就是提拔自己的下属。那些升职的下属会对支行行长心存感激，在支行行长退休后，到了他们古稀（七十岁大寿）或喜寿（七十七岁大寿）等重要时刻，往往会举办以支行行长名字命名的聚会，例如“寺川会”“青田会”，等等。曾蒙受恩情的下属们会聚在一起重温旧情。

迎来了第一场降雪，而我也即将离开。和往常一样，工作交接只有四天的时间*。

* **工作交接只有四天的时间**：当时有许多人前来与我告别。不仅有客户公司的社长和员工，连我妻子和孩子的朋友、老师们也都来了。我深深感受到了这片土地上的人们的温暖，他们一直挥手送别，直到身影完全消失在我的视线之中，这一幕至今让我难以忘怀。

某月某日

大型支行：
没什么工作

我被调到了埼玉新都心支行。回到久违的都市令人兴奋不已（虽然是埼玉），我打定主意周末一定要带妻子和女儿一起好好逛逛这个城市（虽然是埼玉）。

埼玉新都心支行是一家庞大的支行，仅负责外勤工作的客户课就有六个，总人数超过六十人。

让我来解释一下客户一课到客户六课的职责分工*：

客户一课：负责上市企业、大型企业，以及在该地区有重要影响力的客户和标杆企业；

客户二课：负责与一课规模相当的中坚企业[4]；

客户三课：负责开发新客户；

---

* **客户一课到客户六课的职责分工**：提到“警视厅搜查一课”（日本朝日电视台自2006年开始播放的同名系列悬疑剧中的搜查部门），大家都知道这是负责处理杀人案件的人气部门。而在银行中，支行的课数则根据该支行的规模和业务负责人的人数等来决定。顺便一提，我在宫崎中央支行时属于一课，在后文即将提到的丰桥站前支行则属于四课，在心斋桥支行属于三课，在八潮支行则属于二课。总部有比课规模更大的部，共有十八个部，每个部下分为三到四个课。

客户四课：负责个人业务；

客户五课：负责融资、外汇及贷款业务；

客户六课：负责债权回收管理（例如管理那些融资后业绩下滑的公司），以及未被上述分类涵盖的客户，属于所谓的“全能型”部门。

我被分配到了三课，这是一个负责开发新客户的部门。我深觉肩负重任，认为这是因为我在宫崎中央支行的业绩得到了认可。

在宫崎中央支行，只有五名外勤人员负责比东京都还大的区域，而这里的外勤人员竟然有十人之多。我对青田行长口中的“大型支行”终于有了切身体会。

上任当天*，我来到被分配的办公区进行自我介绍：

“我是从宫崎中央支行调来的目黑，请多关照。”

然而，没人抬头看我，大家都专注地盯着眼前的电脑，敲着键盘，没有任何人表现出丝毫的兴趣。

我并未受到想象中的欢迎。埼玉新都心支行**并不缺人，是

---

* **上任当天**：那时我住进了家庭宿舍，从宿舍到支行坐电车需要三十分钟。宿舍比预想的要旧得多，拧开水龙头准备烧水，流出来的竟是锈迹斑斑的褐色水。锅炉还在维修中，所以只能用冷水淋浴，11月的淋浴水冰冷刺骨。

** **埼玉新都心支行**：2000年4月，JR（日本铁道）埼玉新都心站正式启用，5月举行了埼玉新都心商业区的开业典礼，紧接着在2001年，埼玉市正式成立。

青田行长硬跟人事部交涉，才把我塞进来的。

即便已经上任三周，我仍旧没有被分配到负责的客户。

支行副行长看不下去了，于是提醒了课长。

“目黑在宫崎中央支行有着出色的业绩，作为课长应该给他创造一个能工作的环境。”

真锅课长当时三十四岁，仕途顺利。他之前在负责商务对接的部门工作，后来作为法人业务的专家被调到了这里。他经历过两次离婚，目前已经和第三任妻子结婚，历任妻子都是F银行的职员。

课长显然对支行副行长的指责感到不满，他召集了自己团队的十名成员，并说道：

“你们每人分出三家公司，给他负责。”

除了负责新客户的开发，三课也会做一些其他的业务。每位业务员都从自己手头分出了三家没有开发前景，或者已经开发但难以对接的公司给我，总共三十家。这些公司分布在埼玉市各地，拜访这些客户的交通成本很高，效率极低。

工作异常艰苦*。撰写报告和会签文件需要耗费大量的时间和精力。

---

* **工作异常艰苦**：正如第一章所述，第一次系统故障也发生在我在这家支行工作期间。事故发生后，我花了三个多月才完成了埼玉县内的所有市町村役场的走访和道歉工作。

由于劳资协议的限制，晚上9点半之后不能加班，所以我常常在支行所在大楼的储物间里继续工作。

我努力想赶上每天的末班电车，但还是常常通宵加班。为此，我从便利店买了洗发水和内衣，寒冷的冬日在茶水间里洗头、擦身。

某月某日

无情无义：

边缘人成了耀眼新星

“这家伙，开什么玩笑！”

这是和我同时进入这家银行的同事夏久的声音。他在客户六课，今天外出回收企业贷款，刚刚才回来。

夏久毕业于东京六大学[5]之一，在校时是体育会成员，最初被分配到F银行创始人建立的第一家支行，可见人事部对他的殷殷期望。

然而，不知是在哪里遇到了挫折，还是学历不够出色*，他最终来到了绝对不属于精英路线的埼玉新都心支行，还是以负责债权管理的六课负责人的身份上任的。与一到三课这样的核心部门相比，五到六课是边缘部门。对于一直走在精英路线上

---

* **学历不够出色**：在过去，东京大学、京都大学、一桥大学的毕业生毫无疑问会走上精英路线，早稻田大学和庆应义塾大学也紧随其后。可对于不是出身于这些名校的大学生而言，除非有特别出色的表现，否则很难晋升，这一现象就如同种姓制度一般。即便是现在，在一些有名望的支行里，东大毕业生依然占多数。不过到2022年，整个体系正逐渐向实力主义转变。

的夏久来说，调任六课可能是个意外的挫折。

泡沫经济时期，银行疯狂扩大贷款规模。泡沫破灭后，无法回收的不良资产像滚雪球般增加，银行的业绩和财务状况迅速恶化。在这种情况下，夏久所属的客户六课负责停止交易并撤退，是所谓的防守部门。

他们的立场不是为客户服务或让客户满意，只有被讨厌、被排斥，才能分道扬镳，就像即将离婚的夫妻一样。夏久的使命是回收债权，这让他不断成长为一个被讨厌的角色。

“这家伙真是开玩笑！”

这是他的口头禅。他一边看着逾期未还款客户的资料，一边嘟囔着。看起来好像从心底里憎恨那些无法偿还贷款的客户。

“这家伙的公司欠了我们2亿日元，拖欠还款还继续住在豪宅里，真是气死人了。”

这是一家只有十名员工的设计公司，经营状况恶化导致还款陷入困境。夏久口中的“豪宅”，其实是离JR车站步行十五分钟的一栋三层住宅，也算不上过于奢侈。这家公司的社长目前有两个孩子，一个是小学生，一个是初中生。

“夏久，孩子们的教育费用应该也很高吧。比如我们是不是可以降低还款额，先帮他们把公司业绩改善一下？”

“这都是他自作自受！借钱的时候不量力而行是他自己

的错。”

夏久君把追债当作一场游戏。即使不是还款日，只要某笔贷款有变成坏账的迹象，他就会通过突然提高利息*等方式骚扰客户，强行回收贷款。他曾在哭泣的妻子面前威胁丈夫，让对方找到值钱的东西变现还款；也曾在电话中大吼大叫，让客户卖掉女儿的钢琴还款。他自豪地讲述着这些事，似乎沉醉在“做一个被人厌恶的角色”之中。

夏久也有妻子和孩子。他好面子，比同期的任何人都更早买了房子，并把孩子送进了一流的幼儿园。

当贷款对象的业绩不佳时，银行会确认贷款交易的状况，并处置抵押物。如果是以房地产作抵押，银行会评估出售该抵押物后的变现情况，以及是否能收回贷款。

如果被判断为“无法回收”，银行会进行坏账准备金[6]的会计处理，并将该期的损失计入账上。

在经济泡沫破裂后的几年间，这类损失的金额高得惊人，导致银行的经营陷入困境。然而，银行作为承担社会基础设施功能的企业，不能随意倒闭。为此，政府主导注入了公共资金

* **突然提高利息**：贷款利率的上调或下调是根据合同内容来决定的。如果合同中有“当金融市场发生变动时，可以相应调整利率”等条款，银行可以在不通知客户的情况下上调利率。

进行救助。

在这种情况下，哪怕从已经被认定为无法回收的贷款中收回了1日元，该金额也会直接成为银行的利润。

夏久所在的回收部门在这样的时代背景*下大展身手，为银行带来了巨额利润。

曾经被认为是边缘部门的回收部门摇身一变，成了银行的核心部门。在那个时代，人们非常推崇抓住客户弱点、强硬要求还款的作风。对于那家设计公司，夏久强行将其业务转让给了县内的另一家公司，除了收取并购咨询费，还成功回收了M银行的所有贷款余额。

7月1日是一年一度的加薪晋升公布日。

事前没有接到通知则意味着不会升职，而我在前一天并没有被叫去谈话。

午休时，我在食堂角落的自动贩卖机前碰到了夏久。

“目黑，你晋升了吗？”

“我没有，你呢？”

---

* **时代背景**：回收课成为银行核心的趋势，从我进入银行的泡沫经济崩溃时期就已经开始了。对银行来说，处理不良债权，也就是实现健全、稳健经营（Sound Banking=SB）被列为最优先事项。因此，回收部门被称为推动健全化和稳健化的“健全银行业务部”（SB部门）。1997年北海道拓殖银行和日本长期信用银行相继破产之后，推进SB的行动达到了顶峰。相比扩大针对业绩良好的公司的贷款业务，负责回收不良债权的SB部门在银行内部得到了更高的评价。

“我升为代理课长*了，这也是应该的。你知道我为这家银行带来了多少利润吗？反倒是让我等了两年才升，这才让人不满呢。”

* **代理课长**：升任代理课长的第二天，他就命令年轻职员将四五箱资料从地下的金库搬到三楼的会议室。“我很忙，现在马上去做。”他的话语仿佛是在炫耀自己的权力。夏久一方面有着被迫做“脏活”的受害者意识，另一方面又有着自己在行内最受好评的自豪感。

某月某日

IT泡沫：

越来越没用的回收部门

进入21世纪，日本的城市银行逐渐收缩为三大巨型银行，F银行也并入了M银行。随着公共资金的注入，不良债权的处理有了眉目，IT（信息技术）泡沫时代到来了。

IT公司的CEO们身穿T恤和牛仔裤，口中说着旁人听不太懂的业务内容，公司利润却异常丰厚。银行的态度从几年前一听到这些公司申请贷款就立马拒绝，转变为大力支持、积极放贷。

三大银行争先恐后地加速放贷，业绩迅速回升。曾经风光无限的回收部门就这样突然进入寒冬，夏久备受好评的时代*瞬

---

* **夏久备受好评的时代**：20世纪90年代初期，银行的业务主要集中在是以利息收入为中心的传统金融行业，通过吸纳存款并扩大贷款余额来盈利，员工们为了增加贷款余额而拼命努力。我刚入行时，大额定期存款（1000万日元以上）的年利率超过4%（到2022年8月，这一利率已降至为0.002%）。我作为销售的第一份工作就是拉定期存款。我们给普通账户余额超过30万日元的客户打电话，询问是否愿意将余额存成定期存款，就像报纸推销员一样，甚至还会通过赠送厨房洗涤剂和保鲜膜来吸引客户。在那个时代，银行就是通过这种方式赚钱。然而，随着经济增长的停滞和整体利率水平的下降，银行通过利息差赚钱的方式逐渐变得不再可行。因此，银行转向了手续费业务。三十年前，跨行汇款超过3万日元的手续费为410日元，而2022年，这一费用已经上涨到了880日元，翻了一倍多。支票费用更是从一张5日元涨到了现在的200日元。尽管物价没有上涨，手续费却持续上涨。与此同时，银行开发了诸如“商务配对手续费”等新兴领域。如今，大型银行的主要收入来源已经从利息收入转变为通过各种交易收取手续费了。

间结束了。

然而，夏久有些得意忘形了。把两位企业主逼上绝路自杀、强制拍卖充满家庭回忆和辛劳的房子，这些悲剧在他口中成了自己的功绩与勋章。

在IT泡沫正盛的时候，夏久被调到了东京的下町支行。此时，大部分大额不良债权的处理工作已经结束，他被安排在客户课负责与法人客户对接。他从未处理过开户业务，在行内显得毫无用处。在这样一个需要注重与客户建立深厚关系的领域，他很难取得好的业绩。

那时他会连续好几天打电话给我，询问一些基本的业务流程问题，我也尽力帮他解答。他向我坦言，由于业绩不佳，他受到了支行行长几近职场霸凌般的对待。

几个月后，夏久的电话突然中断了。后来我从后辈那里听说，他因精神崩溃而停职了。

又过了几个月，我再次从他人那里得知，夏久在复职后被调到了M银行旗下的一家租赁公司工作。从那以后，他再也没有回到M银行。

夏久的人生就这样被时代的变迁左右。银行业深受社会和经济形势的影响，一丁点儿的变动就能改变普通员工的一生。当然，我也是其中之一。

新年伊始，支行行长叫我过去说道：

“你被调去爱知县的丰桥站前支行了。在新天地好好干吧。”

这个通知来得非常突然。我在埼玉新都心支行毫无成绩可言，辜负了曾在宫崎中央支行给我机会的青田行长的期望。

入行已经十年，我依然只是个普通员工。

某月某日

精英路线：

这就是银行的等级制度

“喂，这个周末又要开送别会了。”

“又是送别会？这个月也太多了啊。”

“真烦，这个月钱都没了，只好去取点存款了。”

同事们互相抱怨着。

一个三十人规模的支行每半年大约会举行一次欢迎会或送别会，但像埼玉新都心支行这样规模超过一百人的支行，几乎每个月都会有人离职，也会有新人加入。

银行业是一个调动频繁的行业。银行员工若与客户关系太过紧密，则可能会产生不正当交易*。因此，所有银行都受到金融厅的监督，以确保员工不会长期从事同一项工作。虽然没有明确的规定，但通常在同一岗位的工作时限为五年，这已成为

---

* **不正当交易：** 20世纪90年代，F银行曾发生过这样一起事件：一名即将荣升的银行员工为了掩盖其此前的不正当行为，杀害了自己的一对老年夫妇客户，被逮捕后被判处了无期徒刑。这起事件发生后，人们讽刺F银行是“收钱杀人”的银行，全国各地的支行纷纷出现解约潮，大量存款外流。

默认的共识。

送别会通常在移交工作的最后一天傍晚举行。

“请大家到大堂集合。”支行内的广播通知全员集合。

“今天，目黑先生将从埼玉新都心支行调离。”

送别会正式开始，通常由离职员工的直属课长担任司仪。

首先会介绍员工到支行的时间，以及在任期间取得的成绩。而我在这个支行并没有取得什么成果，但这似乎都不重要。

“目黑为我们带来了显著的成绩，他的离开让我感到非常痛心和遗憾。作为支行行长，我也觉得像割舍了一部分的自己一样。然而，考虑到目黑的未来，现在是时候送他走向新的舞台了……”

虚伪的告别致辞还在继续，这也是每次都会重复的惯例活动。

“接下来是赠送饯别礼物。”

无论职位高低，饯别礼*一般都固定为3000日元左右。

“您辛苦了。”

一位女性职员做出一副悲伤的表情，将花束递给我。

---

* **饯别礼**：不论是支行行长还是新员工，饯别礼都是3000日元。这笔资金来源于每月从工资中扣除并积攒下来的娱乐基金，扣款金额因职务而异：支行行长每月被扣3000日元，课长2000日元，普通职员1000日元。除了在人员调动时用于购买饯别礼物外，积攒的资金还被用于年末、年初的忘年会、新年会，以及员工旅行时的游戏奖品费用等。

“我衷心祈愿埼玉新都心支行的进一步发展，以及各位的健康，此致谢辞，感谢大家。”

在我按惯例完成告别致辞后，全场爆发出了掌声。

支行之间是有等级的，这在银行内部被称为“银行位格”，简称“行格*”。

总行、札幌支行、仙台支行、名古屋支行、大阪支行和福冈支行是有着特殊地位的支行，被称为“名门支行”。调任到这些支行意味着一次重大晋升，表明踏上了精英路线。反之，如果从这些支行调离，则意味着被降职，脱离了精英路线。

在埼玉新都心支行没有任何作为的我不可能晋升，能够调往爱知县的丰桥市，哪怕这只是名古屋下面的二线城市，也已经是很不错的结果了。我想着，这次一定要回报曾对我寄予厚望的宫崎中央支行的青田行长。

---

* **行格**：支行的等级差异十分明显。等级不同，支行行长的工资也有所不同。银行人的工资条就像被贴在了支行的椅子上一样，一个人只要坐上了某把椅子，其年收入的范围就一目了然。此外，人们还会根据支行是否在去年获得了业绩表彰来判断支行行长的年收入是否增加。支行的等级还会影响支行行长的决策范围。例如，原本无担保贷款的金额上限是5000万日元，但如果支行的等级提高，这个金额上限可能会增加到1亿日元。

某月某日

销售投资信托：

职业生涯的巅峰期

到爱知县丰桥站前支行上任的第一天，支行行长热川便主动和我握手。

“我看了你的人事资料，看起来你经历了不少艰难时刻。工作方法随你决定，尽管放手去做。有什么问题，我会全权负责。”

这是我第一次遇到这样开场的上司。

据热川行长所说，这家支行在公司客户业务方面表现出色，但个人客户业务的业绩长期处于低迷状态。因此，他们正在集中力量推广“投资信托*”。

---

* **投资信托**：正如字面意思，投资信托的资金是用来“投资”“信任”和“委托”的。举个例子，如果你把100万日元存为定期存款，一年后只会有20日元的利息。而如果用这100万日元购买股票呢？假设你买入A公司的股票，如果股价上涨，可能增值到120万日元甚至150万日元。但如果由于某些原因A公司的股价下跌，你的100万可能就会变成90万日元甚至50万日元，这就存在一定的风险。此时，投资信托的作用就显现出来了。投资信托会由专业的基金经理将资金投资于多只股票，使风险得以分散。与直接买股票不同的是，投资者不需要时刻关注股价波动，因此很适合投资小白。以上就是销售时的宣传词。

实际上，投资信托对银行来说是非常有利的产品。当银行销售投资信托时，可以从负责该投资信托的投资顾问公司获得销售手续费。销售手续费通常为销售额的0.5%—3%，高收益（高风险）的产品，手续费也会更高。当然，风险越大的产品也就越难卖出，因为其产品性质也更为复杂。

即使客户在银行存入大量资金，银行也必须向客户支付利息。在经济不景气时，能够将客户存款贷出的银行也很少。在这种情况下，投资信托的销售手续费成为银行稳定的收入来源，因此银行拼命地引导客户将银行存款转移到投资信托中。然而，其中也存在本金亏损的风险。

我将目标锁定为客户公司的社长夫人，开始了面向个人的投资信托销售。第一天，我没有坐公司的车，而是骑自行车四处拜访。

“在当前的低利率环境下，银行存款几乎没有利息。您是否考虑过其他的资金运作方式呢？”

“我从不买股票，太可怕了，还得时刻关注它。”

“针对您这种情况，我们推荐投资信托。投资股票需要每天查看所购买股票的价格波动，但投资信托有专业的基金经理全天候监控价格走势，并且投资分散于多个标的，能够有效分散风险，避免大幅亏损。您可以用闲置资金小额试试，怎么样？”

“但是，我不知道该买什么。”

“如果是第一次尝试的话，建议选择与日经平均股价挂钩的类型。比如这款基金，如果一年前投资了100万日元，到今天就已经变成了112万日元。而普通存款的利息只有20日元。”

“差这么多吗？那我把存在你们那里的500万日元全都投这个吧。”

“我们并不推荐全额投资。建议您先从小额开始，感受一下资金增长的乐趣。因为根据市场波动，也有本金亏损的风险。要不先从100万日元开始吧？”

一开始不让客户投资太大金额，这是建立信任的关键。让客户感受到哪怕一点点的增值和成功的体验，然后再逐步积累，这是与客户建立牢固关系的秘诀。

我销售的投资信托如预期般上涨*了。买了100万日元的客户在不到一个月的时间里赚到了30万日元，非常高兴。此时，我让他们立刻全部解约，并让他们拿到了这30万日元的利润。我想让客户切身感受到利润也是非常重要的。

---

* **如预期般上涨**：2001年美国发生了“9 · 11”恐怖袭击，受其影响，日经平均指数急剧下跌。到2003年，日经平均指数时隔二十年首次跌破8000日元。然而，从那之后股市开始回升，直到2007年次贷危机爆发前，股价一直呈上升趋势。在那个时期，由国际投信投资顾问公司设立、分散投资全球主要国家的国债等的每月分配型投资信托颇受欢迎。该基金管理的资金规模超过了1万亿日元，通过将资金分散投资于海外一些信用评级稍低的公司股票，客户能够获得稳定的预期分红。

然而，支行副行长得知我的这一做法后勃然大怒。

他气急败坏地质问道："你为什么要让他们解约？好不容易累积起来的资产余额就这么下降了！这样一来，只有客户得到了好处！"

只有客户得到了好处？这不是理所当然的吗？

我压抑住怒火，正在思索如何反驳时，热川行长插了进来："目黑有自己的考量。他每天骑着自行车在寒冷的天气中拜访三十家客户。我们应该相信他的热情。"

虽然支行行长的话让我感到振奋，但我心里也有些不安。毕竟，丰桥站前支行的业绩在这一时期有所下滑。

然而，这种担忧在一个月内便被证明是多余的。大部分已经解约的客户纷纷取出他们在其他银行的存款，表示想要在我们行继续投资信托产品。有客户甚至提出"请帮我丈夫也投资"或"我还想介绍朋友来"。

解约时信托产品的销售额一度下滑至2.5亿日元，但不到一个月便突破了6亿日元。调任丰桥站前支行的半年内，我已经成为这里的王牌销售。

在丰桥支行的这几年里，我成功做出了该支行开设以来最大的收益项目。这改变了周围人对我的看法，起初对我的做法颇有微词的支行副行长也不再说什么了。我也为能不负调任之初热川行长对我的期望而感到满足。

银行的运作非常残酷。面对重要客户，如果员工无法带来收益，则将会被撤下，由能够赚钱的员工接手。也就是说，赢家会不断获胜，输家则会持续失败。那时，我正处于作为销售的职业生涯巅峰期。

在丰桥站前支行度过一段充实的岁月后，我被调任到位于大阪市的心斋桥支行，并终于获得了“客户课代理课长”的职位。这是一次升职。我曾在晋升竞赛中掉队，走了许多弯路，虽然落后于同期最早晋升的同事已达七年之久，但在丰桥的积极表现让作为销售的我重新振作了起来。我感到我的自信和干劲都正源源不断地涌现。

“我们这里年轻员工较多，我希望目黑能成为他们的导师，指导这些年轻人。”

在调任心斋桥支行后的全课晨会上，支行行长这样介绍了我。我感到荣幸，同时也觉得充满了干劲。

银行员工心中时刻有着晋升竞争*的意识，即使要踩着别人上位也在所不惜，因此他们往往有将知识和诀窍据为己有

---

* **晋升竞争**：在银行，所有员工都梦想着有一天能成为支行行长，有的人甚至会以董事、总行行长为目标。这些职位都需要在一场激烈的“抢椅子游戏”中获胜才能取得，而问题的关键在于这场“抢椅子游戏”的规则十分模糊。例如，由于最近要求严格贯彻《男女雇用机会均等法》，“提升了多少女性管理者”已成为评估支行行长表现的重要标准。这么多年里，我也见过很多让人不解的晋升决策，心里常常纳闷为什么这样的人能当上支行行长。行内至今也依然充斥着一些让人摸不着头脑的人事安排。

的习惯。

我也曾因为前辈们不愿教我而感到沮丧，这种经历促使我在前一家支行主动承担起了年轻员工的指导工作。

也许正是因为这一点得到了认可，我才被选为年轻员工的指导者。我对此并无不满。虽然在业务部门提升业绩是关键，但如果我所指导的后辈能取得成绩，我也会认为那是我的贡献，这样就能保持工作的动力。

从那天起，我每天都和年轻员工一起行动，教他们礼仪，教他们如何看待公司、如何抓住要点，并与他们分享业绩提升的喜悦。每周三早上，我都会举办定期的学习会——“心斋桥补习班”。在会上，我手把手指导十二名员工，教授他们每日市场动态、与客户的沟通技巧以及商务礼仪等方面的内容。

某月某日

无偿加班：

对忠诚度的考验

傍晚的汇报会结束后，支行副行长召集我们到会议室。

“目黑代理，会是什么事呢？”

才入职第二年的新人山下满脸疑惑地问我。当然，我也不知道。

进入会议室后，支行副行长脸色阴沉地等着我们。

“你们怎么这么慢！要按时到啊！”

虽然我们只迟到了几分钟，但支行副行长显然很不耐烦。

“今天把你们叫来是为了谈加班的事。山下，加班从什么时候开始算？”

“从规定的下班时间17点10分到离开公司的时间为止。”

山下噘着嘴，似乎不明白为什么要问这么简单的问题。

“那我问你，你那个时间去附近的便利店买咖啡算工作吗？

在吸烟室抽烟算工作吗？和女同事*闲聊算工作吗？”

银行的柜台服务时间是从早上9点到下午3点。3点一到，卷帘门放下，紧张的后续处理工作就开始了。我们需要对收取的现金与支付的现金进行核对，与系统记录一一匹配，这个过程叫作“账目核对”。尽管银行业务已经高度自动化，但账目很难做到完全吻合。客户填写的凭证上歪歪扭扭的字迹，常常让我们将“1”看成“7”或“9”，这种事情每天都在发生。除此之外，还要准备送至交换所的票据和支票，接收的申请文件必须当天处理，有时还需要委托支行外的事务中心完成处理。还有些文件要寄送给其他支行或总部，或邮寄给客户，工作一大堆。

客户课的情况也差不多，客户预约常常安排在傍晚六七点。规定的七个半小时工作时间根本无法完成所有工作，这导致加班成为必然**。

在银行内网尚未普及时，员工的工作时间是通过手写记录并提交给课长的。有经验的课长会随时检查加班情况，以确保工作负担不会集中在某个人身上。

---

* **女同事**：女性员工在穿制服的情况下禁止外出是银行不成文的规定。如果确实需要外出，必须换上便服，或者穿上开衫、外套或大衣。

** **加班成为必然**：截至2022年，银行已严格执行《劳动基准法》，每月加班不能超过四十五个小时。有些支行甚至会在规定时间后关闭办公室。我目前所在的支行里，晚上7点以后还在加班的几乎只有我一个人。

而在心斋桥支行，每人都有自己的内网账号，每天都需要输入上班和下班时间。

支行副行长接着说：“接下来我要讲的事情不能对外透露，甚至不能告诉家人。”

“这里有你们电脑的登录记录，包括你们过去一年的登入和登出时间。村本，去年11月7日，你电脑的登出时间是20点55分，为什么你填写的下班时间是19点50分？”

支行副行长当然知道几乎所有员工每天都在加班，尽管如此他却仍提出这样的问题，让村本无法揣测其中的真实意图。村本一脸困惑地回答道：

“可能是弄错了……”

“是吗？弄错了啊。那该怎么办呢？”

“修正……吗？”

“没错！把下班时间改成正确的时间。大家也都检查一下自己的下班时间，这一年内的都要修改，明天之前完成。”

从会议室出来后，大家七嘴八舌地议论开来。

“这是什么意思啊？”

“真的会把加班工资都发给我们吗？但这样的话，事情会变得很麻烦吧？”

“不，照实申报肯定不行。这是在考验我们对银行的忠诚度吧。”

无端的猜测四处飞扬。

我向课长询问后得知，似乎是某个支行的年轻员工向劳动基准监督署举报*了银行“无偿加班”。劳基署对M银行的无偿加班情况进行了调查，发现各地都有少报加班费的现象，便指示根据电脑的登录、登出时间这一客观工作记录进行修正。

“如果按照实际情况修正，加班费会在180万日元左右。该怎么办呢？”我问课长。

“180万日元可不妙啊。最好调到10万日元左右比较安全。”

不知是为了向银行展示忠诚，还是为了在不拿加班费的支行副行长面前有所表示，课长对我说了这番话。

作为代理课长，我发出了指示：

“关于未支付的加班费，抱歉请大家调整一下加班时间，尽量控制在9万日元左右。”

对此大家并没有特别反对，他们脸上的表情似乎在说：“能拿到就算幸运了。”

几周后，课长把我叫了过去，表情有些尴尬。

“隔壁客户二课的课长跟我说，大家都如实申报了加班费，70万日元的、80万日元的，二课的课长甚至申报了两百万日元。”

---

* **向劳动基准监督署举报**：基于保密原则，企业不会被告知举报人的具体信息。不过，如果公司员工数量较少，或向劳动基准监督署提供的信息只限于少数人知道，公司就很容易找到举报人。此外，有些企业即便收到举报，也不会满足要求，既不参加调解也不出席调停，甚至会关掉公司，选择销声匿迹。

“那就是说，只有我们课控制在10万日元以内了吗？”

“是啊，我也没想到大家真的会如实申报啊。”

考虑再三，我最终决定不告诉大家这件事。反正他们迟早会从其他地方知道的吧……

次月发工资时，之前未申报的加班费*被加进了工资里。

其他课的成员拿到额外奖金后，纷纷戴上了泰格豪雅的手表，穿上了约翰·洛布的皮鞋，背上了爱马仕的包。而我们客户三课的人只能眼睁睁地看着。幸运的是，没有员工直接对我抱怨。

又过了一个月，公司宿舍**的停车场里停了一辆新的奥迪。后来听说，车主当时申报了250万日元的加班费。

从那以后，每次我们一家去停车场，看到那辆崭新的奥迪，都会长叹一声***。

---

* **之前未申报的加班费**：或许是因为发生了这件事，又或许是因为其他银行也是如此，现在M银行已经按一分钟为单位计算和发放加班费了。一般企业大多是按十五分钟计算。年轻的银行员工并不知道过去时代的艰苦，他们是幸运的。

** **公司宿舍**：银行的人际关系也悄然渗入到了员工宿舍。在某支行，一位同事的孩子与住在同一宿舍的支行副行长的儿子发生了争执，还动手打了他。同事拼命向支行副行长道歉，乞求他的原谅。从那以后，这位同事对支行副行长毕恭毕敬，甚至有些过了头。如果孩子目睹了父母这样的举动，心中肯定会积累更多的不信任感吧。

*** **长叹一声**：从那以后，银行对加班变得更加敏感，不过也仅限于一味地强调“早点回家”“提高生产效率”，却没有实质性的对策。由于电脑的登录和登出时间会被记录下来，一些忠诚度极高的员工甚至会提前登出，然后再开始加班。

某月某日

支行行长的脸色：

年轻员工为何越来越不行了？

在心斋桥支行工作了三年后，我被调任至埼玉县的八潮支行担任课长。

终于成为课长了——虽然比同期的同事晚了很多。在心斋桥的三年里，虽然作为销售并没有取得显著的成绩，但我培养后辈的功绩还是得到了认可。我勉强没有在升职竞争中被淘汰，成为支行行长的路也还没有完全关闭。我的心情介于放心和焦虑之间。

在送别会上，我指导过的所有年轻员工都哭了。“心斋桥补习班”也在最后一次讲课后正式解散。

埼玉县八潮市。这个地方工厂众多，正在逐渐转变为高层公寓林立的睡城。我喜欢这样一个公司与个人混杂的地区，因为这是能够充分发挥我至今所积累的实力的舞台。

八潮支行的客户部门分为四课：

一课：负责大型企业客户；

二课：负责中小企业客户；

三课：负责个人客户；

四课：负责事务、外汇和贷款柜台业务。

我负责的是二课。作为课长，当时的我意气风发。

课长和代理课长之间有着巨大的差别*，最根本的不同在于，课长拥有了人事管理权。作为课长，我需要与部下保持紧密的联系，负责对他们进行初次人事评价**。同时，我必须帮助部下扬长避短，提供准确的建议和指导。

我从第一天开始就全力以赴。面对四名下属，我给他们打气，告诉他们"年轻人得有干劲"。

然而，他们回应得很冷淡，显得毫无斗志。

为了帮助他们提升，我尽量与他们一起拜访客户，希望他们能通过观察学习接待技巧。然而，他们对我保持着疏远的态度，仿佛在说："你为什么要跟着来？"我能感觉到他们对我有所抵触，但我仍然希望能打破这种局面。

---

* **巨大的差别**：课长必须正确理解支行的整体方针以及支行行长所期望的未来发展方向，并作为执行队伍的领导者将这些准确地传达给部下。记得我刚入行的时候，银行强调职位至上，类似军队的作风，没有决策权或权限的下属不能擅自处理重要事项。当时课长的权力和权限远比现在大得多。

** **初次人事评价**：基于课长的初次评价，支行副行长会进行二次评价，而支行行长则会进行最终评价。

几天后，支行行长堂岛把我单独叫到一个房间。

“你太过火了，他们根本没被打动。”

“我以为示范给他们看，帮助他们获得成功的体验是很有必要的……”

我刚开始解释，堂岛行长便打断了我。

“你太天真了。他们根本不把你放在眼里，你察觉不到吗？你这人真是迟钝啊。你知道怎么驯狗吗？首先得狠狠踢它的肋部，这样它才会明白人是可怕的。否则他们只会看不起你。”

第二天早上9点30分，按照惯例，客户课应该在这个时间点之前离开支行，开始外出拜访客户。然而，有三名员工没有在前一天提交应完成的报告和贷款申请。这种散漫的作风是我在其他任何支行都没见过的。

我让他们先完成这些文件再外出。在我看来，解决眼前的问题才能更好地集中精力开展业务。

就在他们着手准备文件时，堂岛行长过来了。

“喂，你们在干什么？怠工吗？坐在办公桌前可赚不到一分钱！”

在支行行长的怒吼下，员工们脸色一变，立刻冲了出去开始跑业务。

随后，我再次被带到那个单独的房间。

“报告和申请书由你来做就行了，让他们去外面跑，哪怕赚到1日元也好。”

随着逐渐适应八潮支行，我发现了越来越多的问题。支行的员工们工作时都看堂岛行长的脸色行事。不是为了客户，也不是为了银行，他们判断的唯一标准就是支行行长是否会生气*。

有一天，四课的管理主任楠田女士找我聊天。

“二课是一个无兴趣、无激情、无精打采的集体。可他们变成这样，都是支行行长的错。他把二课的人压榨得十分彻底。他们只关心支行行长，根本看不到课长的存在。所以无论来什么新课长，都会很快被换掉。这三年来，目黑先生，你已经是第三任课长了。”

在像他们这个年纪的时候，我也经常被前辈训斥得抬不起头。所以在我看来，即便他们对我心怀不满也无所谓，只要他们能从工作中找到乐趣，获得完成项目所带来的成就感，就一定会形成正向循环……然而，事情并没有如我所愿。

---

* **支行行长是否会生气**：我在八潮支行经历过这样一件事。在某次欢送会中，负责组织的年轻员工弄丢了发票，并打算自己承担高达28万日元的餐饮费用。当我问起缘由时，他说：“如果支行行长知道我弄丢了发票，肯定会发火的。”可见大家对支行行长是多么害怕。

编者注

1 又叫“卧城”，指大城市周边承担居住职能的大型社区或居民点，这些地区人口较为集中，但缺乏完善的生活配套设施，居民大多晚上回家睡觉，开展工作或其他活动时则需前往中心城市。

2 日本市町村或特别区的行政办公场所，是地方政府直接面向居民提供服务的地方。

3 日本一种会员制的合作金融机构，主要为中小企业和地方居民提供金融服务。

4 在日本指介于大企业和中小企业之间的企业，具有较强的企业竞争力和成长潜力。

5 这六所大学是早稻田大学、庆应义塾大学、东京大学、明治大学、法政大学和立教大学，最初以校际的棒球比赛为契机结成联盟，入学难度高，在日本颇负盛名。

6 指纳税人按年末应收账余款的一定比例预先计算和提取的准备金，用于核销其应收账款的坏账损失。

第三章

销售失格！

某月某日

销售生涯的终结：

为什么，为什么，为什么……

“你要职系转轨了。希望你能做好存款课的主管*。”

堂岛行长对我说道。我的脑子瞬间一片空白。

所谓“职系转轨”，就是从业务岗转到事务岗。存款课负责的是支行的存款柜台事务。事务岗不像业务岗那样有明显的业绩标准，因而很难得到认可和好评。即使升职，顶多也只能到支行副行长，几乎不可能晋升到支行行长。虽然并没有明文规定的人事规则，但在我所知的案例中，没有任何一个事务岗的员工**能升任支行行长。

虽然我在四十岁出头的年纪就已经偏离了升职的主干道***，

---

* **存款课的主管**：在存款课中，管理者是课长，其次是代理课长，分管各项事务的负责人是管理主任，还有实务主任，其下才是普通员工和兼职员工。在课长之上还有支行副行长和支行行长，但负责具体事务的最高职位是课长。

** **事务岗的员工**：有些销售岗的员工无法承受赚钱的压力，会主动提出承担“事务性的工作”。这同时也意味着他们自愿放弃了成为支行行长的晋升之路。

*** **偏离了升职的主干道**：和我同期入行的同事中，已经有人在此时成了支行行长。

但如果在销售岗上取得成绩，仍有可能重返升职的赛道。尽管我不再充满升职的野心，但在此之前，我仍然觉得自己在银行职业生涯的赛道上奔跑。

我在销售岗上体会到了前所未有的成就感：有一个让自己满意的团队，和伙伴们朝着同一个目标迈进，顺利融资的客户向我表达感谢，成功进行商业配对的企业对我十分热情……我能切实体会到自己的工作对客户有所帮助。虽然充满着辛苦和压力，但一直以来我都非常喜欢这份工作。

入行二十年，我一直坚定地走在销售这条路上，现在却戛然而止。

“为什么，为什么，为什么……”思绪无法理清，这个模糊的问题在我的脑海中不断盘旋。

当天是季度末，傍晚有庆功宴。往常我都会参加，这次却一句话也说不出来，径直回了家。

一回到家，妻子便十分惊讶。

“今天是季度末吧？你怎么这么早就回来了？”

“我转岗了。”

听到这句话，妻子更加吃惊，担忧地问道：

“你调去哪儿了？”

“事务推进部。先要去参加管理者培训，然后会被分配到某个支行的存款课。也就是说，我的销售生涯已经结束了。”

妻子似乎已经明白了一切*，什么也没有再说。

“今天我什么也不想吃，抱歉。”

我径直回到房间，瘫在了床上。躺在被子里时，过去银行生活的种种场景在我的脑海中浮现，我的泪水不由自主地流了下来。

交接的最后一天，一些同事为我举办了送别会。按理说，这种时候通常会和自己的下属围坐一起，聊聊过去那些一起打拼的时光。然而，我的下属们却没有一个人坐在我这一桌。他们都知道，我已经被贴上了“不称职的销售”的标签，因此对我避之不及，仿佛我是什么瘟神。

中途我去了趟厕所。刚出门，便看见两个下属站在走廊里交谈。

“难道是我们改变了课长的人生吗？”

“但这就是银行打工人的命运，不是吗？”

尽管心里充满了不甘，但我已经开始慢慢接受。

正如他们所说，这确实是命运。

在八潮支行，我的业绩虽不能算特别突出，但还是勉强达成了分配的业绩目标。起初关系疏远的二课的下属们，也逐渐

---

* **明白了一切**：妻子在结婚前担任过几年存款课的外汇专员，因此她亲身经历过事务部门在业务部门面前不得不低头的情况。她很清楚被调到那个部门意味着什么。

与我建立了良好的关系。我正一点一点地打造一个为全课共同的业绩目标而努力前进的“团队”——至少我自己是这样认为的。

堂岛行长将我调走的原因，我至今依然不明白，他也从未给过明确的解释。我只记得他曾半开玩笑地说：“你很受女性欢迎*，应该没问题吧。”

如果是涉及职业生涯的调动，理由本应向当事人清楚说明。截至2022年，无论是升职还是其他调动，支行行长都会亲自向当事人传达**对其在新支行的期望。

我期盼已久的“客户课课长”生涯，就这样在失望中落幕了。

* **很受女性欢迎**：无论是城市银行还是地方银行，坐在柜台接待客户的几乎都是女性员工。在众多事务岗中，负责存款的部门几乎全是女性。

** **亲自向当事人传达**：虽然现在不再像以前那样单方面下达调令，但支行行长的态度仍然起着很大的作用，至今还有一些支行行长在没有解释原因的情况下直接通知降职调动。

某月某日

到手17万日元：

工资缩水至1/3

被“解除”客户课课长的职务后，我被安排去参加以成为存款课主管为目标的培训，培训地点是位于市中心的总行*。

“参加这个课程的人中，有人后来当上了支行副行长哦。”

培训负责人用独特的语调这样说着，把尾音拖长，不知是在鼓励我们，还是在安慰我们。

培训**内容包括存款事务、总务以及相关的法律知识。我听了一场如何处理柜台业务的讲座，授课讲师是一位年过六十、有着多年柜台课长经验的前辈。

课程一直没有引起我的兴趣。我一边听着一边陷入了沉思，不断思索着自己为何会被解除销售岗的职务。

---

* **总行：**总行相当于一般企业的总部。M银行的总行是一栋地上三十层、地下三层的大楼，与地铁站出入口直接相连，颇具大企业总部的气派。

** **培训：**有十几名参加者，只有一名是从研究所回到银行工作，剩下的都是曾从事销售工作的男性。在培训开始前，大家进行了自我介绍。有的是主动申请离开销售岗，也有像我这样被动调岗的。每位参加者的境遇和动力各不相同。

原本回家的时间是晚上10点、11点，现在变成了下午5点，回家时小学生都还在外面玩耍，我甚至比去做兼职的妻子和参加兴趣班的女儿回得还早。我感觉自己就像被裁员的父亲一般，十分不自在。坐在回家的电车里，我不禁想到几个月前的这个时候，我还在客户和公司间奔波，心里充满了怀念与不甘。

枯燥的培训持续了一个月，工资发放日到了。到账工资是17万日元*，只有原来的1/3。

两个月后，我被分配到池袋站前支行，开始进行实地研修。那是一家拥有三位支行副行长**的巨型支行。

在实习中，我负责应对客户的投诉。虽然是实习，面对的却也是真实的工作场景，我需要亲自站在柜台前处理客户的投诉。

“你是白痴吗？去死吧！”这是我在实习期间亲耳听到的辱骂。这种体验太过强烈，让我切身感受到了柜台工作的不易。

几个月后，我被调任到东京下町的下小岩支行。

---

* **工资是17万日元**：这次培训持续了半年。之前的职位需要大量加班，每月大约能拿到25万日元的加班费，而培训期间自然没有加班。因此，仅加班费一项就减少了25万日元 × 6个月=150万日元的年收入。

** **拥有三位支行副行长**：其中一位是女性，是从事务岗晋升上来的少数人才之一。我从她那里学会了如何在以女性员工为主的职场中成功扮演一位好的管理者。她总是鼓励我说：“别在课长这个职位上停滞不前，你一定要超过我。”

再次回到了一线。虽然不是拉客户或拉贷款的销售岗，而是负责柜台服务的事务性岗位，但能够回到一线为他人提供帮助，就已经让我非常感激了。

某月某日

王牌销售：

“怎么会变成这样？”

自我以存款课课长*的身份来到下小岩支行，已经过去了几个月。

“目黑课长，定期存款的操作出问题了。”

下午，我正在查看管理资料时，代理课长铃木绫子急忙前来汇报。

“上午菅平拜访客户并带回了投资信托和定期存款的组合交易，但原本应该给予定期存款的利率优惠，却按照柜台的基准利率来办理了。”

菅平是客户课的王牌销售。

当时，M银行推出了一项活动，个人客户购买投资信托时，其定期存款可以获得同等金额的利率上浮。菅平成功办理了一位客户的投资信托和定期存款，但由于填写单据时出错，定期

* **存款课课长**：工资到手大约是30万日元。同样是课长，业务岗的课长和事务岗的课长待遇大不相同。

存款未能享受上浮利率，只是按照标准利率进行了处理。

“事情已经发生也没办法了，为了避免给客户带来不便，先修正利率。”

“但菅平为了赶时间，在我们核对存折之前已经把存折还给了客户。”

“核对前就送回去了？这有点儿麻烦。赶快打电话给菅平……”

铃木打断了我。

“存折已经交给了客户，客户发现存款利率没有优惠，现在已经投诉了。”

处理客户问题，速度至关重要。比起追究责任，首要任务是平息客户的不满。我立刻赶往菅平的直属上司——客户课的薮野课长*那里。

“已经晚了。投诉到了支行行长那儿，支行行长已经被叫走了。这客户可是个难缠的家伙啊。存款课怎么没检查出来呢？”

薮野课长脸上写满了愤怒和无奈。

我重新查看了菅平带来的交易单据。单据上应该填写的利率优惠一栏是空的，标明这是与投资信托捆绑合同的部分也没有填写。存款课收到单据后没有识别出这是应该享受利率优惠

* **客户课的薮野课长**：菅平对他的直属上司薮野课长并不尊重。薮野课长有时会抱怨道：“菅平跳过我直接向支行行长汇报，让我很没面子。”

的交易，菅平又匆忙把处理好的存折送还给了客户。虽然这是沟通不畅造成的问题，但从存款课的角度来看，如果没有明确填写，我们确实很难发现。

“这实在是太不应该了。如果单据没有写清楚，我们当然就会按照基准利率来处理啊。菅平总是这样马马虎虎的，这次的事件就是他的疏忽导致的。”

代理课长铃木的这番话代表了存款课的心声。

傍晚，支行行长阿部和菅平回来了。支行行长径直走进行长办公室，重重地关上了门。不久后，我桌上的电话响了。

“立刻到行长办公室来。”

我察觉到行内弥漫着不安的气氛，负责操作的年轻女职员眼眶已经泛红。

我收拾好单据，匆忙赶往行长办公室。阿部行长脸色通红，旁边的薮野课长一脸疲惫，对面则是毫无表情的菅平。

“唉……”阿部行长明显叹了口气。

“事务部门居然把这么重要的客户交易搞砸了，真是糟透了。你打算怎么处理？”

阿部行长没有提高声量，只是双臂交叉，冷冷地看着我。

“非常抱歉。”

我道歉后，房间里陷入了片刻的沉默。

“怎么会变成这样？”

“我们确认了一下原因，发现是菅平拿来的客户单据上有漏填的地方……”

“你是想说这是菅平的错吗？你们是负责事务的吧？这是你们该确认的事情。”

菅平也开口了。

“我想我应该是口头传达了手续内容。”

这不可能。那么重要的事情，如果他说了我们事务部门一定会立即处理。而且，是菅平在我们检查存折之前因为着急而带走了它。

“不过，单据上什么都没写的确不太好吧……”

我正要回答菅平，支行行长却用一声长叹打断了我。

“目黑课长，到这个地步了你还要把自己部门的失误推到菅平身上吗？销售部门很忙的。单据上没写的话，你来写啊。你们的工资是谁赚来的？别把自己管理上的疏忽推到销售部门头上。正因为这样，你的客户课课长一职才会被‘解除’*啊。”

我看到菅平脸上浮现出一丝讽刺的微笑。

回到自己的办公桌前，我发现铃木和负责操作的女员工正满脸不安地等着我。

---

* **客户课课长一职才会被“解除”**：在前一家支行担任客户课的课长，如今却作为存款课的课长上任，行内所有人都会察觉到这是被动调岗。因为几乎没有人会主动申请去存款课。

“怎么样了？”

铃木小心翼翼地问道。我根本无法将支行行长说的那些话告诉她们。

“没事的。我已经把传票上的问题清楚地告诉他们了，菅平也在反省了，支行行长也给予了严厉的提醒。大家都没有责任，放心吧。”

两人依旧满脸疑虑，但还是担忧地点了点头。

某月某日

宠爱：

形式化的“内部管理责任人”

菅平今年三十二岁，一年前从某证券公司辞职后，通过社招进入银行。

在泡沫经济破裂后，F银行极大地缩减了招聘人数。特别是在山一证券倒闭的1997年左右，几乎不再招应届毕业生。

后来这种做法的影响逐渐显现出来，尤其是三十岁到四十岁这一黄金年龄层的员工数量明显不足。为了弥补这一缺口，从2010年开始，银行积极进行社招，并将他们作为现有战斗力加以重用。菅平正是其中的一员。

然而，这也带来了一些弊端。M银行虽然对应届毕业生的在岗培训（OJT*）相当全面，但对社招人员的培训很不完善。银

---

* **OJT**：On The Job Training的简称，指职场内的教育培训。M银行对新员工的OJT特别重视，内容包括：职场人与学生的区别、工作的基础知识、产品知识、法务等，通过课堂教学和实践，新员工有长达半年的时间进行系统学习。然而，不同部门的OJT实施情况各有不同，有些部门认为不需要太多培训，直接要求员工尽快上手赚钱；有些部门则完全不进行培训，放任不管；还有些部门采取斯巴达式的方式，强制灌输知识。

行往往假定社招员工已经掌握了一切技能，不再对其进行系统培训。

菅平没有接受M银行的专门培训，而是依靠在证券公司积累的销售技巧迅速提升了业绩。

他擅长的是向个人客户推销投资信托，通过短时间内的多次买卖，从中赚取手续费。在买卖投资信托时，银行会从中收取手续费，不论客户是赚了还是亏了，只要频繁买卖，银行的收益就会增加。随着菅平的业绩不断提升，阿部行长对他的宠爱也越发明显。

“菅平真了不起，我需要更多像菅平这样的下属。你们也要向菅平学习。”

支行行长时常这样说，鼓励其他员工效仿他的这种做法，于是其他员工也争先恐后地模仿起来。这种几近违规的销售方式在下小岩支行逐渐成了半公开的操作。

银行有一个监督合规性问题的系统，称为“内部管理”。在下小岩支行，由我担任内部管理责任人*。

然而，这一系统已经形同虚设。内部管理责任人如果发现问题行为，需要向总部的合规部门报告。收到报告后，总部会

* **内部管理责任人**：这是我除存款课课长之外的兼任职务。这一职务的职责是逐一检查销售人员的销售行为，确保没有使用过度的销售方式，因此通常由非销售人员担任。在销售风险管理方面，表面上我拥有比支行行长更高的权限。

要求支行行长纠正问题。一旦总部联系支行行长，谁举报的就一目了然。如果支行行长得知是自己的下属在质疑，那么对该下属的处置结果可想而知。

虽然我觉得菅平的销售手法不妥，但我没有勇气向合规部门报告，只是在一次日常谈话中试图委婉地提醒菅平注意——但也仅此一次而已。

某月某日

监控摄像头：

印章丢失事件

某日，我的印章不见了。印章对银行工作至关重要，没有它根本无法继续工作。如今随着电子印章和文件无纸化的推广，很多情况下已经不再需要印章，但在当时，所有文件都需要盖传阅印或审批印*。

我记得当天早上在第一份传阅文件上盖过章，所以那时候印章肯定是在的。

接下来我找遍了口袋、桌面和周围各处，还是找不到。

仅因为印章不见了，工作就停滞了三天。

我一筹莫展，抬头看向天花板。

---

* **传阅印或审批印**：进入银行工作后，首先会被要求购买印章。如果名字较为复杂，需要特别定制，就得向常常出入支行的印章供应商下单。制作好的印章会在银行系统中登记其印记，他人无法冒名代替盖章，也不能随便用其他印章应付。对于银行员工来说，印章是最为重要的物品。

正好有个监控摄像头*对着我的办公桌。

我访问了监控摄像头的服务器电脑，开始播放录像。录像会显示日期，我从印章丢失当天早晨的画面开始看起。

时间来到下午1点30分，画面有了动静。大堂负责人走到我的办公桌前来和我说话，这件事我还记得，当时有顾客投诉，他前来向我咨询。

我看到自己右手拿着印章的盖子，在盖好印章后将其放回了笔袋，然后一边和大堂负责人交谈，一边起身离开。

到这里为止，印章确实还在笔袋里。正当我这么想着时，菅平出现在了我的工位前。他打开我的笔袋，取出印章，迅速将其塞进了自己的西装内袋，整个过程大概只持续了一两秒。看着监控画面中菅平的举动，我的心跳开始加速，汗水也渗了出来。

我几乎无法相信眼前的事实，反复播放同一个场景，看了一遍又一遍。

此外，我还确认了那个时间段内的其他摄像头画面，结果录像显示菅平把印章放进内袋后，走进了行长办公室。

第二天早晨，我给菅平打了内线电话。

---

* **监控摄像头**：摄像头的监控画面只能由支行行长、支行副行长等管理层，以及负责应对警方调查协助请求的存款课课长访问。不过，任何银行的监控数据都会在几个月后自动删除。顺便一提，在银行内部禁止拍摄照片或录像，以防止抢劫等犯罪分子发现摄像头的位置和角度，从而利用盲区实施犯罪。

“其实我的印章四天前就不见了。昨晚我看了监控录像，发现那天你出现在我桌旁。有没有可能是你不小心把印章带走了呢？”

这是我前一天晚上想好的、尽量避免引起误会的提问方式。

“我不知道啊。”

菅平冷淡地回答，完全没有表现出慌张的样子。

事到如今，恐怕只能一起看录像了。我下定决心，先说了句“明白了”，暂时挂断了电话。

三十分钟后，阿部行长打来了内线电话，让我马上去行长办公室一趟。

进入行长办公室后，我看见了放在行长办公桌上的我的印章。

“菅平捡到并送了过来。他说是在地上捡到的。”

我一时语塞，不知道该如何向支行行长解释这一切。

对了，应该让他看监控录像。录像清楚地记录了菅平拿走我印章的画面，我得展示给他看，并向他说明情况。

“不过，听说你看了监控录像？你得到了谁的许可？”

我的脑子一片空白。支行行长怎么知道我看了监控录像？既然他知道监控录像的事，那他应该也知道录像中菅平的所作所为才对啊。

“不要擅自行动。支行已经不再需要你，从明天开始你就别来了。出去吧。”

我不知道发生了什么，只是茫然地回到了自己的座位。

第二天早上我到银行时，只见客户课的薮野课长坐在了我的工位上，他小声对我说：

“别介意啊，我也不想这么做的。”

我环顾四周，找不到空位，只好离开了银行。尽管没有人看向我，但我能感觉到所有人都在暗中注视着我。

我走到附近的公园，坐在长椅上看着池塘发呆，就这样大约坐了两个小时。

然而我无处可去，下午又回到了银行。

我没有回到自己的工位，而是进入了会议室。直到支行行长下班之前，我都没有离开那个房间。

晚上8点，支行行长离开后，我再次访问了服务器电脑，试图找出当天的监控录像。

然而，当天的录像已经被全部删除了。行内只有支行行长才有权限删除录像。我终于明白了事情的真相。

第二天早晨，当我来到银行时，我的工位上已经没人了。阿部行长只让客户课的薮野课长在我的位置上坐了一天——为了对我进行羞辱。薮野课长也是受害者吧。

次月，菅平被提拔为代理课长*。一个中途入职不到两年的人，能被提拔为代理课长，这是非常罕见的破格晋升。

* **菅平被提拔为代理课长**：至今我仍然不清楚菅平为什么要偷走我的印章，也不知道他和支行行长之间到底进行了怎样的交易。唯一能确定的是，菅平的业绩不断提升，而支行行长在行内也对他格外优待。他的晋升背后显然有支行行长的支持。

某月某日

返聘员工之死：

无可替代的工作

六十三岁的野见美津子在M银行退休后，以返聘员工的身份继续受雇，负责存款部门的工作，并承担大堂的客户接待任务。不论被问什么问题，她总是面带微笑，迅速而准确地作答。她能很好地完成职责，在行内备受尊敬。据说她有一个女儿和一个儿子。

最近，野见女士看上去一直没有精神，听说是压力导致她患上了带状疱疹。我请她去咖啡馆，听她详细说了说情况*。

她说，因为孙子的升学问题，自己和儿子的关系变得紧张了。

“我也一样。我女儿正在准备考大学，但难以集中精力学习。这种事真是无可奈何啊。”

---

* **听她详细说了说情况**：对于下属的关心程度取决于每位课长的判断。行内既有完全不关心下属的上司，也有对下属事事关心的上司。我个人曾受益于一位细心的上司，因此我也会尽量关心下属。

我尽量用轻松的语气安慰她，提议她稍微休息一下，并为她推荐了心理诊所。

“来银行和客户接触至少能让我暂时忘记这些。”

野见女士含着泪水说道。

之后，野见女士依然勤奋工作，像往常一样接待客户。工作时的她依然是温和、待人友好的样子。

某个星期五。支行闭店之后，野见女士的脸上完全没有了表情，仿佛所有情感都消失了。

我感觉有些不对劲，想再次邀请她去咖啡店聊聊，但那天她早早就回了家，我也没能和她谈上。

新一周的周一早上，野见女士的女儿打来了电话。

“我母亲去世了。生前承蒙您的照顾，关于因死亡而离职的手续等，还请您多多关照，给您添麻烦了。

她淡淡地说着，听起来情绪很平静。我只能尽量不打断她。

“那个，您母亲是怎么……”

“是自杀。周五半夜在家里上吊了。”

我找不到合适的言辞回应。

周五看到的野见女士的表情重新浮现在我的脑海中。那时她在想什么？内心有多纠结？为什么我没能与她交谈？无奈的感觉越来越重。

我去向阿部行长报告*。

“我马上就要调走了。总之不要影响大家的情绪吧。自杀的事不要告诉任何人，死亡的理由你和她女儿想想怎么措辞，葬礼也由你来负责安排。”

我再次拨通了野见女儿的电话。和失去母亲的人沟通这些事情让我感到十分为难。

“关于您母亲的死因，我会向公司人事部传达事实。不过，希望在向同事们说明时可以换成其他理由……”

“为什么呢？如果您告诉他们事实我也不介意……”

野见女儿在电话里显得有些困惑。

“因为银行里有很多与您母亲关系很好的同事，我们不想给大家带来太大冲击。”

我编造了一个合适且令其满意的理由。

然后，我临时召集全体员工开会，向大家传达了消息。

“野见女士在星期五晚上回家时不慎从楼梯上摔下，后脑勺受到了猛烈撞击，随后她被紧急送往医院进行手术，但仍不幸去世了。”

短暂的沉默后，几位与她关系亲近的女员工不顾他人目光，

---

* **向阿部行长报告**：自从印章丢失事件发生后，阿部行长和菅平对我有所疏远。不过存款课和客户课的办公区域是分开的，所以我与他们直接交流的机会并不多。从这个角度来看，我勉强还能在行内占有一席之地。

开始放声哭了起来。葬礼*在一个小殡仪馆举行，除了即将调任的阿部行长，所有人都出席了。

次月，野见女儿联系我说想来取母亲的遗物。

来到银行后，她坐在母亲常坐的位置上，开始办理离职手续。

“这个纸箱装的是放在更衣柜里的物品。银行制服和包含银行信息的物品会由我们自行处理，抱歉无法转交给您，其他的您可以带回去。”

女儿似乎很平静。

“我们家并不像大家担心的那样脆弱。”

她这句话让我感到安慰。

我开始将野见女士桌上的文件放入碎纸机。

她对客户的家庭情况、养的狗的名字、喜欢的颜色以及旅行去过的地方等都做了详细的记录。其中一条引起了我的注意：

“林田女士：一年前腿脚不好，入口的楼梯上不去，需要接送。”

仅仅看着这条记录，就能感受到她对客户的关心。

---

* **葬礼**：葬礼后，人事部指示我作为对接负责人，要求家属提交“医院出具的死亡诊断书”。如果办理离职手续，户籍誊本或居民登记簿也能证明去世的事实。我问这样是否可行，人事部却坚持要求提供死亡诊断书。当我拒绝后，人事部通过已调职的阿部前行长联系了家属。虽然只是猜测，但银行可能是想要留下证据证明野见女士的去世与银行工作无关。

几天后，一位年长的女性客户在柜台找我聊天。

“最近没有见到野见女士，她怎么了？”

我照着行内的通知，告诉她野见女士因家中事故去世了。

她的面孔瞬间变得扭曲。

“她总是热情地和我打招呼，让我有什么困难一定要告诉她。无论我问什么问题，她都总是亲切地回应。为什么这样好的人会……她还这么年轻。我真希望能用我的命来换她的命。”

卖投资信托、卖国债，为银行带来利润，这些当然是重要的工作。但野见女士每天的工作也在发挥着与此不相上下的价值。

在这个支行工作的十二年间，她取得的成就无人知晓，也未曾得到任何人的评价。她的工作似乎只是简单的大堂引导，然而她贡献给银行的是“客户的信任”这一不可或缺的宝贵财富。

优秀的销售员菅平升任为课长。从他中途入行到现在，仅仅用了两年半的时间，可谓飞速晋升。半年后，他又被调往东京的国立支行，离开了下小岩支行。阿部行长和菅平晋升了*——无论以何种形式取得成绩都将受到重视。这也反映了银

---

* **菅平晋升了**：2017年左右，邮局工作人员的不正当销售问题在日本曝光，导致对销售投资信托和人身保险等对个人有风险的产品的监管变得更加严格。菅平君的销售手法不再适用，这或许是他至今依然只停留在课长这一职务的原因之一。

行业态的一大侧面。

我被调到了事务岗，在新任的支行中又被支行行长厌恶，升迁希望几乎完全破灭。我也不知道自己还能在下小岩支行待多久。然而，只要我还是柜台的课长，就会尽我所能，努力为客户服务。我郁闷的心情似乎也逐渐发生了变化。

某月某日

引入轮椅：

强大助力者登场

我的脑海中一直浮现野见女士留下的那份备忘录。

为什么轮椅在超市等场所十分常见，在银行却没有呢？作为服务业，银行首先应该考虑弱势群体。于是，我下定决心要在银行内设置轮椅。

我撰写了申请购买轮椅的提案书，并提交给了总部。这是我们事务部门为数不多被允许的提案方式之一。

然而，总部对这一提案提出了反对。

“这在行内没有先例。万一轮椅对客户造成伤害，谁来承担责任？”

轮椅的操作真的这么难吗？为了了解这一点，我考取了“暖心顾问（heartful advisor）*”的资格证书。

---

* **暖心顾问（heartful advisor）**：主要学习如何接待轮椅使用者以及听觉或视觉障碍人士，旨在预防事故。目前已有超过两千名持证者在商场、餐饮店和酒店等行业提供接待服务。这并不是国家承认的资格证书，培训费用在5万日元左右。

与总部进一步交涉后，总部表示："如果不提供引入轮椅的费用效益，提案无法通过。你需要调查来访客户中使用轮椅的客户比例，每天有多少客户会使用多长时间的轮椅，以及所有来访客户中残疾人的比例。"

存款课主任伊藤由佳里问我："需要帮忙吗？"她已经任职主任五年，是和我同一时间调到下小岩支行来的。

伊藤原本在客户课做法人业务，来这个支行前的五年内接受了四次调动。她性格刚烈，喜好分明，对不喜欢的工作会极尽敷衍，算得上是让银行头疼的员工。

流落到下小岩支行，被迫做不情愿做的柜台业务*，这让她内心的不满达到了顶峰。但就是这样的伊藤女士居然主动提出要帮我推进轮椅项目，于是我请她帮我撰写要提交给总部的报告。

"我可以在您的指示的基础上对报告稍作调整吗？请让我加班两个小时。"

伊藤从不加班。她讨厌银行，甚至讨厌待在这个地方。然而，她却愿意加班来帮我推进轮椅项目。

第二天，我看到了她带来的报告，其质量令人惊讶不已。伊藤女士不仅通过摘要准确地总结了要点，而且报告排版美观，

---

* **柜台业务**：柜台业务也包含向客户推荐定期存款和投资信托等偏向销售方面的内容。伊藤女士甚至对这类工作也感到厌烦，提出要转到后台的事务岗。

宛如时尚杂志。

阅读了这份报告后，总部通过了引入轮椅的提案，这使得原本进展缓慢的轮椅配置在多个支行*迅速展开。

原来购买一台4万日元的轮椅需要一个月，多亏伊藤的报告，现在超过1600万日元的预算在一天内就获批了。

由此，M银行全行开始加快推进无障碍设计和通用设计，这一变化也波及了M信托银行和M证券等集团公司。

在银行附近的居酒屋里，我和伊藤举杯庆祝。

“都是因为有你帮忙，才能让轮椅项目顺利通过。伊藤，谢谢你。”

曾因厌恶销售而逃避工作的伊藤，与在销售中苦苦挣扎却被排挤的我，携手完成了这一事务性项目，如今还在这里庆祝，这让我心中感到无比奇妙。

我们请服务员为野见女士准备了酒杯和一双筷子，向野见敬了一杯。

---

* **多个支行**：当时，几乎M银行的所有支行都配备了轮椅。也是从那时起，M银行开始推进门店整合和迁移。截至2022年5月，M银行的支行数量为三百四十六家（如果将M信托银行等集团公司的门店数量也计算在内的话，总数还会增加）。

某月某日

汇款骗局：

嫌疑人和警方的攻防战

“我取不出钱了。”

一位看上去八十多岁的老太太说道。她全白的头发乱蓬蓬的，穿着像睡衣一样的运动衫，提着一个手提包。靠近时散发出一股刺鼻的异味，似乎没有洗澡。

她在ATM上试图取钱未果，于是来到了柜台。

M银行的现金取款额度*设定在50万日元到100万日元之间，转账额度则为100万日元到200万日元。如果指定的金额超过这一范围，机器就会提示：“您指定的金额超出了单次处理的限度，因此无法处理。”老太太正是看到这一提示后来到了柜台。

---

* **取款额度**：2004年，许多银行开始将ATM每日使用限额下调至300万日元。2005年，这一限额进一步降至200万日元（转账和汇款等为500万日元），2006年又降至50万日元（转账和汇款等为100万日元）。截至2022年，情况变得略显复杂。如果是IC现金卡或注册了生物识别信息的IC现金卡，则限额为100万日元（转账和汇款等为200万日元）；如果为仅带磁条的银行卡，则限额为50万日元（转账和汇款等为100万日元）。此外，根据客户的交易情况，限额也可能会有所调整。

“我的账户里有钱，我想取500万日元。你们这里可以取吧？”

柜台的女员工向我投来目光，我赶紧过去。

员工们开始骚动，因为这很可能是老人遇到了汇款诈骗。

如果支行位于老年人居多的住宅区*，那便常常会遇到遭遇诈骗的老人，位于办公区的支行则几乎不会出现这样的情况。在下小岩支行，这样的对话几乎每天都在发生。

对银行来说，阻止汇款诈骗是一项很高的荣誉。在以减分为主的银行工作中，这种行为往往会受到重视和高度评价。

“您好。您要取出这么大一笔钱，是有什么特别需要吗？”

我如此说道。不能在最开始就怀疑这是一场汇款诈骗。

我刚开始在柜台工作时，也遇到过类似的情况。当时我强烈提醒：“这是诈骗！”结果老人反而激动起来，坚决不愿意接受劝说。头脑一热进而全盘否定是最不应该做的事，这是我经历过多次类似情况后总结出的应对方法。

“我想做一点装修。”

“如果是这么大一笔钱，我可以帮您联系装修公司进行汇款，可以吗？”

---

* **支行位于老年人居多的住宅区**：诈骗集团通常会指示受害者在离家最近的支行进行汇款。因为如果去一个需要乘电车一个小时才能到达的支行，就会给受害者冷静思考的时间。

“不，我还没开始装修。”

她的话显得前后矛盾，眼神也在四处游离。

“那这样的话，您是不是还不需要付款？”

“不是，今天就需要钱。我的儿子要来拿。”

“不是装修吗？您的儿子从哪边过来？”

“他说他3点会来。”

“您儿子为什么要取出500万日元的现金呢？”

“他说他把装有客户存款的钱包落在电车上了，如果不能把钱还给客户的话公司就要倒闭。他得负起责任，所以今天必须弄到钱。”

果然，这是典型的汇款诈骗手法*。

“那个电话是您儿子的号码吗？”

“我不知道。我对这种事情不在行！”

她开始显得不耐烦。透过接待区，我用手势向代理课长示意需要报警。

“孩子好几年没打过电话了，如果能帮上忙，我当然想帮助他！”

---

* **典型的汇款诈骗手法**：1999年，这种诈骗手法在鸟取县米子市得到首次确认。2004年，鸟取县米子市警署将其命名为“是我是我诈骗”，同年已确认的案件超过两万五千起，受害金额超过283亿日元。最初是单人作案，转变为团伙犯罪后，第一人称的“是我是我诈骗”已不再适用。因此警视厅曾面向大众征集新名称，并最终定为“妈妈救我诈骗”，其他名称选项包括“假电话诈骗”和“利用父母之心诈骗”，等等。目前，大家已经默认称之为“汇款诈骗”。

她究竟知道多少呢？她真心认为这个电话是她孩子打的吗？还是说她在完全知情的情况下，还是想给骗子口中虚假的孩子汇款呢？

通常在这种情况下，我们会将老人移至不容易被其他客户看到的地方，让其暂时冷静下来。我们则充当倾听者，让对方尽量多说。这样一来，老人在说话的过程中就会发现自己言语中的矛盾。反复进行这种交流后，老人就会像是从催眠中醒过来了般，开始理解事态的真相。

我把她带到接待室，正倾听她的讲述时，警察来了。我的工作到此结束，接下来将一切交给警察。

“老人家，这其实是诈骗！还好银行提醒了您！”

生活安全课的警部补[1]小早川先生是我熟悉的警察。他身材魁梧，光头，虽然长相有点儿凶，但一笑起来就显得亲切可爱。

“我们走吧，奶奶。”

小早川警部补牵着老人的手，一起离开了银行。

次周，我询问正在巡逻的小早川警部补：“那位奶奶还好吗？”

“哦，没问题，没问题。我们把她安全送回了家，幸好你们及时阻止了汇款诈骗。”

“那犯人被抓了吗？”

“我不负责抓捕，那是刑事课的工作。”

小早川警部补的表情稍微有些阴沉。

两天后，自称是那位老人儿子的男人带着一盒点心来到银行拜访。他看上去五十多岁，穿着米色的工作服，满头白发，一见面就不断低头致谢。

“我是柏原的儿子。感谢您那天对我母亲的照顾，幸好她没有被诈骗，真的帮了我们大忙。”

“柏原先生，您是真的儿子吧？”

“是的！我是真的。”

他露出了有些害羞的笑容。

柏原先生和我讲了那天发生的事。

当天，他在工作岗位上接到了警察的电话，了解情况后立刻叫了出租车赶回家，没想到家里已经有两名便衣警察在等候。

此时，老人的手机响了，应该是诈骗团伙打来的。

“喂，我是柏原。啊，是你啊。钱吗？我已经取出来了。”

老人在警方的指导下进行回应。

“你们现在来取吗？好啊。不是你来吗？为什么？为什么？”

她的回答有些含糊不清，接着刑警从她手中接过手机，接通了电话。

“你是谁？我是警察。”

电话瞬间就被挂断了。

“哦？就这样结束了吗？”我惊讶*地问。

“是的，刑警说‘老人家，您没事了’。”

我想起了巡逻时小早川警部补那略显尴尬的表情。

---

* **惊讶：**辖区警署曾打来电话：“某某地区接到了疑似汇款诈骗的电话。诈骗者假装成儿子，称其将装有公司钱的包落在了电车上，如果今天不准备200万日元，公司就会倒闭……请将此消息传达给全体员工。如果有老年人前来取款且金额较高，请协助预防汇款诈骗。”电话那头的女性语调平淡。我最初几次都认真倾听并按照指示将内容传达给全体员工。然而，这个电话每周打好几次，让我开始觉得有些烦。某次，我请求将电话转接给生活安全课的负责人，她却说：“我无法转接。我并不是某某警署的工作人员，而是受到防止犯罪协会委托的公司员工……”原来连这种事情都外包了。

译者注

1 日本警察系统中的中级警衔，负责担任警察实务与现场监督的工作。

第四章

银行业的内幕

某月某日

道歉礼物：

“如果是反社会人格怎么办？”

我作为银行打工人的第八个工作地点是横滨的港未来支行，担任与在下小岩支行时相同的存款课课长，依然站在柜台的最前线。在这里，我特意没有为自己设置办公桌，而是对行内一楼和二楼的布局进行了大幅调整，挂上了对讲机，始终待在大堂之中。

也正是从此时开始，我逐渐感受到与客户直接接触的魅力。面对投诉，我开始明白应该如何切入话题、如何表达，以及如何展开对话。在经历了许多麻烦和重复的失败后，我找到了自己的方法。

于是，工作变得有趣起来。虽然当客户在柜台大声咆哮时，我依然会感到害怕（这种感觉至今未变，经历再多也无济于事）。然而，一想到如果我逃避就没有人能解决问题，我便下定决心迎难而上。此外，在柜台，我能直接听到许多客户说“谢谢”或“真是帮了大忙”，这对我来说是无与伦比的快乐。

“不好意思，ATM把我的卡吞了。”

是一位看起来八十多岁的高龄女性*。我心中一紧，立刻想到可能是系统故障。从某个时刻起，每当遇到ATM出现问题，我的心脏就会不由自主地收紧。

“非常抱歉。”我说。她回应道：“该说对不起的是我……”

听她一说，我才知道她把邮政储蓄银行的银行卡错放入了M银行的ATM。

由于无法立即取出，我询问了她的地址，决定之后再将卡送过去。老人不停地道歉：“对不起，对不起。”

因为取回卡片花了几天时间，我决定带一盒点心前去拜访以示歉意。

早在以前，社交媒体上就有人嘲笑M银行的道歉礼品太过寒酸——圆珠笔、记事本和便利贴，这在大银行中确实显得太过廉价。

我一直认为，“道歉”有其形式之美。在漫长的道歉生涯中，我总结出最好的道歉礼品是价值5000日元的虎屋羊羹**。

---

* **看起来八十多岁的高龄女性**：在银行会面对各种各样的客户。有些人想不起来银行卡的密码，有些人不记得把银行卡放在哪了，还有些人忘记了来银行的目的……早上才刚刚办理了银行卡遗失手续的老太太，下午又自称把卡弄丢了，需要办理手续。我说：“您今天早上也来了。”她立刻露出了悲伤的表情，开始哭泣。“最近我也不知道自己在做些什么。”看着泪流满面的老太太，我也会感到同样的难受。

** **虎屋羊羹**：盒装的羊羹固然好，但竹皮包裹的羊羹更让人心动。“夜之海”是小仓羊羹，“面影”是黑糖羊羹，“阿波的风”是和三盆糖羊羹，“天空之旅”是白小豆羊羹……每一种名称都深深吸引着顾客。

我迅速写好“黑色钻石”[1]的申请书，并奔向最近的百货商店。

就在这时，支行副行长打来电话：

“刚刚收到总部的通知，不需要道歉礼品。”

“为什么？”

“那位老太太是邮政银行的客户，跟我们没有业务往来。”

他怎么能说出这么小气的话呢。

“而且我们和邮政银行没有往来，根本不了解她的情况。如果她属于反社会人格*，那可就麻烦了。”

“可是，她是老太太啊。”

“那也有可能是黑社会人员的母亲。”

我惊得说不出话来。

“那你们打算怎么做呢？”

“可以向警察查询她的名字，看看是否在暴力团伙成员的名单上，如果确认没有问题就可以了……”

这太荒唐了。真要这样做，可能要花好几天才能得到回复。对于道歉来说，速度和时机是最重要的。

我已经不想追求什么高档的道歉礼了。算了，就用笔和便

---

* **反社会人格**：曾有一次我早上到公司时，看到一大群警察将银行包围了。我问发生了什么事，原来是有人发现ATM区域放着一把手枪并报警了。还有一次发现过毒品和注射器。ATM区域二十四小时营业，似乎确实是一个放置麻烦物品的便利地点。

笺吧。我心中只剩下放弃的情绪，便从百货商店折返，回到了支行。

我把笔、便笺和记事本满满塞进包里，准备前往老奶奶的家。

某月某日

单身妈妈：

可疑的外汇交易

我的视线停留在一份报告上。

外汇*诈骗受害者咨询：

有人让我投资外汇，问我是否想赚点钱。我照他说的花了50万日元买了自动交易软件，并存入了100万日元的投资资金，但一直没有消息。因为汇款账户是M银行的账户，想问问有什么解决办法吗？

我经常接到这样的咨询**，有些人会打电话，有些人则亲自上门。这类咨询被归类为“犯罪收益账户”，由存款课负责处

---

* **外汇**：官方翻译为“外国汇款保证金交易”，是一种通过外币与日元的汇率差额获取利润的交易方式。这种交易虽然有可能让资金成倍增长，但如果计划失败，也可能导致一无所有。因此，外汇交易属于高风险高回报的投资。

** **经常接到这样的咨询**：通常，这类咨询不是直接来自汇款人本人，而是来自受害者委托的律师。

理。我向下属佐野确认详细情况。

“哦，是碰到了外汇诈骗啊。可也怪她自己贪心……目黑课长，您对此很感兴趣吗？”

她态度轻蔑的原因在于，无论我们多么努力去处理，这类案件都不会受到行里的重视。它不仅耗时，而且如果诈骗团伙是反社会人格，处理起来还可能带来风险。

因此，根据诈骗金额的不同，我通常会建议受害者咨询警察、律师或司法书士[2]。不过，警察的反应通常较慢*，而咨询律师和司法书士**则会产生费用。考虑到不能置之不理，我拨打了咨询者的电话，听筒里传来旁边小孩哭泣的声音。

丸山晶子是一位带着三岁女儿的单亲妈妈，大约三十岁，在购物中心的一家杂货店工作，并没有在M银行开设账户。

她最初是通过保育园的妈妈朋友了解到了这个投资项目。

“这个投资方法改变了我的人生，轻松赚钱而且没有风险哦。这条项链也是用投资赚的钱买的，你也来试试吧！”

---

* **警察的反应通常较慢**：警署每天都在处理无数的案件，确实忙不过来。然而，警察的工作方式也显得非常官僚化。根据我的经验，真正关心并愿意倾听受害者的警署工作人员少之又少。

** **律师和司法书士**：如果诈骗金额在140万日元以下，可以交给司法书士处理。律师和司法书士都可以依法冻结加害者的账户。然而，如果对方是诈骗团伙，其账户往往是在黑市上非法购买得来的。因此，即使账户被冻结，对他们来说也并没有实质性的损失。

她最初花50万日元购买了自动交易软件，随后将50万日元的投资资金汇入了G公司在M银行港未来支行的账户。不到一周，这笔钱就变成了60万日元。之后，她还被邀请参加豪华邮轮午宴。丸山女士觉得自己仿佛加入了名流的行列，心情非常激动。因此，她再次向G公司汇款50万日元，表示这是她的全部存款。

过了一周，她收到报告称“市场突然变动，导致强制平仓，余额变成零了”。这意味着她在购买软件上损失了50万日元，在投资资金上损失了100万日元，总计损失了150万日元。

即使是外汇交易，100万日元也不可能在两周内变为零。这显然是诈骗。

在了解了丸山女士的情况后，我向总部的合规部门（金融犯罪应对小组）进行了汇报。负责人问我：“那你想怎么办*？”

我提议冻结账户**，即对银行账户进行设置，使其在柜台和ATM上无法进行存取款和转账操作。

“这样啊。不过，如果这个女人是在编故事，对方其实是个

---

* **想怎么办**：一般情况下，在收到来自律师等的账户冻结请求后，银行会暂停该账户的存取款业务。随后，银行会联系账户持有人，要求其在一周内携带能证明身份的材料来到行内。大多数情况下，账户持有人不会联系银行。如果在约定的期限内没有到行，银行将强制解约该账户。

** **提议冻结账户**：课长级别的人员才能对账户冻结（暂停存取款）做出判断。如果是来自律师的请求、警察局的指示或法院的命令，银行方面将毫不犹豫地执行。但如果请求来自受害者，就必须确认其真实性，这使得判断变得相当困难。

正当公司，那可就麻烦了。要是处理不当，甚至可能会被起诉哦？如果出问题*，我们可不负责。”

如果犹豫不决，诈骗账户就会继续接收来自其他受害者的汇款。即使向总部请示，最终的回复也只是“根据现场情况自行判断”，责任就推给了一线人员。

我挂断电话，发出指示：

“紧急暂停此账户的存取款操作，理由是这是‘犯罪收益账户’。”

这一操作并不复杂，账户很快就被成功冻结。

查看该账户时，我发现了数百笔从5万日元到500万日元不等的汇款交易。每当汇款进账，资金就会转入比特币**交易商的账户。

账户冻结还不到两个小时***，一个自称丰本的三十多岁的男子来到银行。

---

* **如果出问题**：银行并无法辨别是诈骗还是纠纷。账户被冻结后，有时会遭遇客户投诉，称冻结使其“在商业交易中蒙受了损失”。而如果冻结请求来自律师或警察，银行就无须承担责任。

** **比特币**：一种数字货币，也被称为“虚拟货币”。由于其价格时常波动，在投资领域受到了与外汇（FX）相似的关注。比特币的交易十分便捷，投资者可以在证券公司运营的网站上进行交易，还有许多专门的比特币交易公司。

*** **还不到两个小时**：诈骗集团通常会实时监控到账情况，并进行资金转移，因此他们很快就会知道账户被冻结了。顺便一提，如果被确认与诈骗事件有关的账户上还有余额，将会直接转入总部的合规部门账户。

“我的银行卡不能用了，是怎么回事？”

我查看了他的存折，确认这是刚才被冻结的账户。

“我们收到报告，向您的账户汇款的客户遭遇了投资诈骗。出于预防犯罪和保护存款人的考虑，依据《犯罪收益转移防止法》《汇款诈骗救济法》以及我们银行的存款规定，您的账户已被冻结。”

我尽量不带感情地进行了事务性的说明，丰本面无表情地听着。

“我需要确认贵公司的身份及银行交易的目的和使用内容。请准备好法人登记簿和公司的印章证明，随后再来一趟银行。”

丰本没有反驳，暂时离开了。

当天下午，丰本再次出现。

他开来了一辆黄色的法拉利敞篷车——前一次来访时，他并没有坐上如此张扬的车辆，这次显然是为了证明财力而特意开过来的。

他带齐了我之前提到的所有文件。

“贵公司从事什么业务？”

“经营电商网站*。”

“贵公司的账户上有大量的汇款到账，请问是什么原因？这

---

* **电商网站**：“电子商务网站”的简称，指进行电子交易的网站。一般是公司为了在网上销售自家产品而创建的网站。

些款项为何要汇给比特币商家？外汇公司为什么要让用户将款项汇给你们公司？”

“投资资金？我不知道。我们公司只是把用户的汇款转给客户*，仅此而已。”

“那为什么需要将资金转换为比特币？这很容易让人联想到诈骗。你们公司被怀疑在代为收集诈骗资金，并利用比特币作为掩护，转交给犯罪组织。”

因为兴奋，我使用了“犯罪组织”这个词。既然说出了这样的话，就无法再退缩了。

“这是我自己创造的商业模式。够了！你说的这些已经毁坏了我的名誉！”

说完这些，丰本便离开了。

在一旁远远观看的女员工露出了慌张的表情，问道：“这样说没问题吗？”

我对他们参与犯罪的直觉已经相当强烈，然而手中并没有确凿的证据，合规部门也对我置之不理。因此，这完全是我个人的决定。想到接下来可能发生的事情，我也开始感到不安。

---

* **把用户的汇款转给客户**：2022年，山口县阿武町发生了一起“特别款项误汇款”事件，一笔新冠疫情补助金被误转账给同镇一名男性。该男性则称将4630万日元花在了在线赌场，然而他实际上是将款项汇给了和丰本的公司性质一样的代理支付公司。在阿武町事件中，代理支付公司向地方政府返还了几乎全部款项。大众推测这是由于他们担心调查深入后会暴露公司的真实情况，进而受到金融厅的行政处分或警方的强制调查。

虽然成功冻结了G公司（丰本）的账户，但未能追回受害者损失的100万日元。丰本只是个把钱从右手转到左手的中介，找他也无济于事，必须追查更深层的来源。

于是，我将目光放在了丸山女士用于购买自动交易软件的汇款账户上。该账户不属于M银行，而是属于地方信用金库的个人账户，账户名为“萩原”。

第二天，我给该信用金库打了电话，咨询是否可以冻结账户，但对方表示“没有警察的调查很难处理”。这也不难理解，负责人若随意判断就冻结账户，就需要承担相应的责任。

我随后又拨打了县警的电话，请求调查账户名义人萩原，但遭到了拒绝。只有在非常特殊的情况下，警察才会对投资诈骗举报采取行动。因为投资者也是想获利才进行投资，这种情况被认为应该自担责任。

于是，我在社交软件上搜索，找到了萩原的账号。

他在豪华游艇上骄傲地展示自己钓到的大鱼，看着他用从单亲妈妈那里骗来的钱享受奢侈生活，我心里无比愤怒*。

---

* **无比愤怒**：我向全国银行协会、警视厅、金融厅和关东财务局进行了举报。一段时间后，关东财务局的网站上发布了“未经许可擅自诱导投资的公司名单”，G公司的名字赫然在列。我是匿名举报，因此不清楚该名单的发布与我的举报是否相关。然而，即使在G公司的名字被公布后，被冻结的账户仍有汇款到账，这表明名单公布的效果并不明显。

某月某日

热情与利益：

中断的邮件

正当我汇报进展时，收到了丸山的邮件。

“其实，受害者不止我一人，整个县有四十人左右，我的LINE小组中就有十一人。其中很多都是家庭主妇，要么是自己的私房钱被骗走，要么是孩子的教育基金被骗走。她们也希望能得到您的帮助。”

我独自一人能成功吗？背负十一个人的希望是不是有些过于沉重？

虽然有些犹豫，但仔细想想，既然有这么多受害者，反而可以组织起来形成更大的影响。于是我开始拨打县内各个律师事务所的电话。

“包括谈判在内的所有的事情都由我来做，只是希望可以借用您作为律师的名义。如果成功追回款项，报酬为追回金额的5%，您意下如何？”

我向各个律师事务所提出了这个建议。为了动员他人，我也变得聪明起来——除了热情，“利益”同样重要。

一位律师同意*了。

他联系了信用金库，询问了诈骗犯荻原的地址、出生日期和电话号码，并冻结了他的信用金库账户。

我给丸山发邮件报告进展，她回复说：

“我们大家商量过了，如果钱能追回来，想拿出一部分给目黑先生表示感谢。”

这件事本就超越了我的职责范畴，如果再接受金钱，就会违反服务纪律，甚至可能面临解除职务的处分，连退休金都拿不到。于是，我对此未做回复。

不过，她们的感谢让我倍感振奋。能感受到有人依赖自己，心中便会涌起一种奇妙的力量。

终于要和诈骗犯荻原直接对决了。我直接拨打了律师给我的电话号码。

我的手在按键时因紧张而颤抖，但我下定了决心。

“我收到了丸山晶子等人的诈骗受害咨询，正在准备对您提起一场要求返还1500万日元的诉讼。”

“等……等一下。这不是诈骗，这是投资啊！”

---

* **同意**：这位六十多岁的律师从未处理过金融诈骗的案子，对外汇交易也不太了解。但在一位对金融事务很熟悉的后辈律师的建议下，他认真诚恳地给出了帮助。

“那么，您有投资业的相关许可*吗？”

“呃，那是……”

如果只看他在社交软件上自信满满钓鱼的形象，完全无法想象他此时的慌乱，看来他对金融知识也不太了解。起初我也有些紧张，但逐渐进入了状态。

“请在一个月内安排G公司返还款项。如果延迟，我将立即报警，并向法院递交诉状。”

我毫不犹豫地说出这段话，感觉自己仿佛成了一个演员。

“……”

诈骗犯荻原沉默不语。

“请在明天之前给我回复。这通电话结束后，请把同样的话告诉你的同伙。你们的人生可能要结束了。”

这几乎就是一种威胁。我自己也觉得说得太过了。但毕竟对方是诈骗团伙，必须彻底施压。我这样告诫自己。

傍晚，律师发来了邮件。

“您用我的名字跟他们说过什么吗？他们说会在一个月内退

---

* **投资业的相关许可**：“如果未在财务局注册而从事金融商品交易业务，将面临五年以下的监禁或最高500万日元的罚款，或者两者并罚。”（《金融商品交易法》第197条之2）。如果未注册经营被公开，法人账户将被强制关闭，代表人也将无法注册个人银行账户。在社会上，这种行为与反社会势力一样被排除在经济活动之外。

款，并愿意接受和解。这是一个重大的进展。”

没想到就这样解决了。我给丸山发了邮件，告知到目前为止的进展，以及预计将在一个月内退款的情况，心中松了一口气。

然而，约定的日子到来时，律师指定的账户里却没有钱到账。律师打电话询问，得知他们正在与G公司协商，还需要一些时间。

那段时间，每天都有人向丰本的冻结账户*转账，当然均未能成功。一天大约有十到二十笔，持续了六十天。也就是说，涉及金额达到了4亿5000万日元。

大约一个月过后，丸山女士开始连续向我发送邮件：“还没退款吗？”“我觉得进展太慢了，谈判是不是没有成功？”“其实他们并没有说要退款吧？”“银行员工是否可以进行这样的谈判呢？”……

我理解她因为钱还没有追回而焦急的心情，但被质疑和责备并不好受。我只是回复：“可能还需要一些时间，请耐心等待。”

---

* **丰本的冻结账户**：丰本自那天起就再也没有来过银行。这起事件的全貌大致如下：G公司是一家东南亚的投资公司，业务涉及多个国家。日本的投资业务需要日本金融厅的许可，但该公司并没有获得许可。因此，他们假冒海外外汇交易商，让获原等中介举办投资研讨会，招募参与者。由于未获得金融厅许可的投资公司无法在日本开设银行账户，他们让丰本等人担任支付代理，充当“出头鸟”。获原和丰本上面可能还有经纪人，他们也只是替罪羊罢了。

数日后，律师确认钱到账了。

这一切终于结束了。我给丸山女士发送邮件告知这一结果。

她的回复邮件不久就到了。

“非常抱歉之前说了那样的话。真不知道该如何感谢您才好。这次真是太谢谢您了。”

这封邮件之后丸山女士再没有联系过我，之前提到的感谢之事也无影无踪。尽管我并没有打算接受金钱，但心里还是有些失落。不过，能够追回资金，并让那些骗子吃了亏，已经够我心情爽快好一阵子了。

某月某日

突击检查：

甚至影响到私人生活

“啊，他们来了，真倒霉。”

“呃，这是什么情况？”

在早晨开始营业前，资深员工已经意识到了事态的严重性，而年轻员工则一头雾水。

此时，大约有十来位身穿西装的男性在港未来支行前等候。我在过去的支行也曾多次经历这样的场景，但对第一次经历的年轻员工来说，这无疑相当令人震惊。

银行的业务监察分为两类：

一类是全面监察。（每两到三年进行一次。如果上次评估不佳，周期则会缩短。）

另一类是现金监察。（每三个月进行一次。）

这次是全面监察，监察内容包括员工的整体工作表现，由银行的内部监察组*对各个部门进行突击检查。

---

* **内部监察组**：这是一个独立于银行任何部门的小组，监察对象包括国内外各支行。

此时，监察已经开始。如果在未检查员工证的情况下让员工进入支行，支行将被视为安保措施不严，从而被扣分。

接下来是在员工入口*处进行物品检查，员工需要打开包，逐一解释随身物品。

"……"

一位新入职的女性员工默默僵住了，甚至连生理用品的包装也被要求打开。

如果钱包里没有准备写有紧急联系人信息的备忘录**，支行将被判断为在紧急情况下无法联系而被扣分。

如果手账上写有客户姓名等信息，则会被视为可能发生信息泄露事故而被扣分。

如果办公室的桌垫上夹着客户的电话号码，将被视为存在泄露客户信息的风险进而扣分。

在检查过程中，如果电脑屏幕长时间开启员工却离席，或桌子未上锁就离开，也会被扣分。如果桌子里有零钱等私人物品，也会被扣分。若储物柜中存放带有客户信息的文件，则同样会被扣分……

---

* **员工入口**：这是一个仅供员工出入的通道，与客户使用的入口区分开来。铁制的门上有一个可以向外观察的小窗户，现金也从这里运输。

** **写有紧急联系人信息的备忘录**：到2022年，我们仍然被要求携带这样的备忘录。我曾问过上司："不如直接在手机上注册一下？"上司回答："万一手机没电了怎么办！"

支行9点就要开始营业，课长在这之前急忙准备着资料。未处理的寄存物品内容必须与印花税和邮票等相关管理表上的内容一致。由于不清楚会被要求公开和提交哪个管理表，因此所有管理工作都必须保持严谨，丝毫不能松懈。如果处理得稍慢，监察员的印象*就会变差。一旦被盯上，所有问题都会被扣分。

这种挑剔的调查一共持续了四天，累积所有扣分后会发布对支行的最终评价。如果评价不佳，将影响支行行长和课长的人事评估。

我在所有工作过的支行都经历过业务监察。在我工作了四到五年的支行中，甚至还经历了两次以上。算起来，我总共已经经历了至少十二到十三次业务监察了。

这样的生活持续了几十年，甚至让我在私人生活中也染上了一些奇怪的习惯**。

“电脑正常吗？桌子锁好了吗？”我在家里也会不断地指指点点，出声确认。其实，无论锁好与否，我的桌子里连1日元的零钱或优惠券都没有。

---

* **监察员的印象**：曾有总务的女性为了改善监察员的印象，在恰到好处的时机给他们端茶倒水。也有课长在监察部门来的第二天早上，用抹布将桌子擦拭干净，摆放好报纸，还特意制作了附近的美食地图以供参考。如果能平时就做好这些工作，那该多好。

** **奇怪的习惯**：我曾经的同事在被外派到其他公司工作时，每次离开桌子都要锁好抽屉。直到渐渐感受到周围人投来的冷淡目光，他才意识到这种行为会给周围人带来不好的印象。

此外，为了确认员工的经济状况是否健康，银行还会对员工进行“生活调查”。

M银行的生活调查一年进行两次，分别在6月和12月。人事部会将各员工的银行卡余额、定期存款等资料发送给支行行长，并根据这些资料判断员工是否存在经济问题。如果存款余额低于一定金额，或者在银行有债务，支行行长就会与该员工进行面谈和询问。

我曾有一位同事高木，因私事向M银行贷过款。他每半年就需要提交调查表，并被要求与支行行长进行面谈。

“我得把餐费、水电费、服装费、教育费、手机费、医疗费乃至贷款的偿还方式全部填写在调查表上提交。虽然是让我老婆帮忙，但她总是问，‘为什么要把这些都报告给银行呢？’”

在一次聚会的酒桌上，高木如此抱怨道。

“面谈的时候，支行行长递给我了一篇杂志剪报。上面写着‘抠抠搜搜的主妇，将五口之家的月餐费控制在3万日元的秘密诀窍’。他说，‘你也读读这个，学着省钱’。”

“那你是怎么回答的？”

“我只能说，‘非常感谢，我会好好学习的’。不这样说怎么行呢。所以，目黑，银行员工可千万不能向银行借钱。”

高木认真地向我提出了这样的建议。

某月某日

人事评估：

什么是理想的上司？

M银行有一项名为“领导人事评估”的人事评估制度*。这一制度由国外咨询公司开发，适用于课长以上的中层管理者，由下属对直属上司进行评估。人事部对此评估非常重视。

秋天来临时，课长以上的人员会收到领导人事评估的实施通知。

通知中要求选择十名以上自己的直属下属，以及与自己有紧密联系的其他支行或总部部门的课长以下人员五名以上进行评估。也就是说，被评估者可以自行指定评估者。

虽然可以通过全部选择自己的支持者来控制评估结果，但支行行长会对所选的评估者进行监察。如果选择明显偏颇，将会被退回并要求重选。

---

* **人事评估制度**：除该制度外，M银行还有职位公开招聘制度。课长可以自荐为支行行长，但需要得到支行行长的推荐。有人在三十五岁左右就通过该制度成了支行行长，这也使得支行行长的年龄构成越来越年轻化。

大约一周后，评估者会收到邮件，要求在两周内完成评估回复。

在这段时间内，大多数课长会变得异常温柔，开始扮演理想上司的角色。他们会主动关心默默努力工作的人，询问他们的健康状况，甚至积极去仓库搬运沉重的复印纸。有些人还会邀请下属喝酒，试图拉近关系。《哆啦A梦》里，胖虎会突然变得善良，在领导人事评估中，课长也会突然变得善良*。

不过，由于他们平时都没做过这些事，甚至连复印纸在哪里都不知道，结果连打印机的纸张都补不了，反而影响了工作。胖虎终究还是胖虎。评估期结束后，他们就不再关心下属的健康，复印纸用完了就会怒吼，立刻恢复成了电视里那个常常发脾气的胖虎。

评估期结束后一个月左右，课长就会收到评估结果。内容包括：

“您的上司是否认真对待下属的咨询？”

“您的上司是否勇敢面对难题？”……

一共三十道问题，这些问题会以五级评分的方式呈现，并

---

* **课长也会突然变得善良**：一位在精英路线上走得风生水起的三十多岁的女课长，颇受支行行长等上司的宠爱。然而，她那种居高临下的态度让下属十分反感，导致评价极差。在领导人事评估期间，她会向下属分发歌帝梵等高档巧克力。尽管做出了这样的努力，她的领导人事评估依然保持低分，这一切都是她在吸烟室时亲口告诉我的。

记录下给出五分和一分的人数，以及与其他课长的比较结果。几家欢喜几家愁。

某一年，我在领导人事评估中获得了港未来支行的最低评价。在“是否勇于面对难题”这个问题上，很多人给了我最低分。我自认为最尽力的事却被评为最低分，这让我感到沮丧，甚至一时无法振作起来。

支行行长找我谈话，建议我“认真对待这一评价并进行整改”。

可是到底该怎么整改，我却毫无头绪，因为我一直认为自己是在“勇于面对难题”。别无他法，只能按照以往的方式继续下去。

没想到，在第二年的领导人事评估中，我这一项却得到了最高评价。下属*的面孔几乎没有变化，我的工作表现也没有改变。

我不禁思考，这究竟是为什么。

正好和一位下属聊起这件事时，他笑着说：“这不是靠感觉吗？”

---

* **下属**：2022年，银行招聘的应届毕业的外国留学生人数也逐渐增加，其中大多数来自中国，随后是韩国、印度尼西亚和泰国。他们通常被分配到总部的外汇部门或市中心的大型分行。我有一位下属是一名来自中国的女性员工。“课长，你辛苦啦。”“早啊课长，今天精神不错啊……”虽然不会使用敬语，但这也正是她的可爱之处。她非常努力，表现也很出色。

他说：“超能干的人或者特别讨厌的人评价起来容易，但大多数人都是中等水平，所以只能凭感觉来评价。”

他的话让我恍然大悟。并没有人出于想拖我的后腿或希望我升迁而给我评分，大家只是把这当作自己工作的一部分，随意填写而已。

原来，我们这些上司都是在“感觉”的评估中东奔西走。

某月某日

第二职业：

毫无选择的余地

在我迎来四十八岁后，人事部开始询问我对第二职业的希望。在即将面临五十五岁这一需要退居二线的年龄*之际，我打算如何规划自己的未来。

基于这些信息，直属的支行行长会对我进行面试**。

“我已经有了下一个工作机会，想尽快离开银行。”

“即使因退居二线而导致工资大幅减少，我也想为M银行尽心尽力。”

“这是我的人生，我会自己解决，不想依赖银行。”

大家对于第二职业的看法各有千秋。

---

* **五十五岁这一需要退居二线的年龄**：对于我们这些课长来说，满五十五岁生日后就即将退居二线，之后的职位名称会变为“专任课长”，工资也将下降到约原来的六成。而支行行长和支行副行长中则有许多人选择以调派的形式离开银行。

** **直属的支行行长会对我进行面试**：面试者大多与支行行长的年龄相仿。有的支行行长会真心关心并考虑你的情况，有的支行行长则对他人的情况毫无兴趣，支行行长的个性会显著影响其对面试的投入程度。

我也收到了参加“早期退休支援制度”说明会的邀请。参加者包括销售、财务和总务等部门的人员，由于疫情，这次说明会以远程会议的形式展开，参与人数接近一百五十人。

说明会首先介绍了第二职业的选择之一——调派，这在以往被称为“斡旋调派”，是指派往M集团内的子公司*，或者与集团有紧密关系的房地产公司、租赁公司、信用卡公司，以及M银行的合作企业等。

另一天，我还参加了由社会保险劳务士[3]主讲的讲座。讲师是由一家人事咨询公司派来的，据说是M银行的前员工。

“能够为大家提供调派机会，都是各支行行长们恳求的结果，你们并不处于可主动选择的位置。实际上，大家能拿到现在的工资，也并不是因为自身的能力。与其他银行相比，M银行的待遇还算相对丰厚的，其他银行的情况更加严峻。请记住，你们仍然是幸运的。”

我的大学同学矢泽在一家大型家电制造公司工作。我们保持着不远不近的友谊，每几年会聚一次。

矢泽一直专注于家用冰箱的企划与开发工作，但在即将年

* **派往M集团内的子公司**：M银行会在一年内支付被调派者的工资，这被称为“试用期”。银行员工普遍自尊心强，很多人依然保持着自以为是的“优越感”，导致部分人在接收企业被判断为“无法胜任工作”，最终不得不返回银行。

满五十岁时，他申请了提前退休。由于开发经费被削减，他的部门逐渐缩小，最后两年他一直忙于到家电量贩店的支援销售，实际上就是被“劝退”。

“银行还是被优待的，真让人羡慕啊。”

那位社会保险劳务士的话再次浮现在我的脑海，矢泽的低声自语也回响在我的耳畔。

在埼玉新都心支行的客户课，我的同事野野村在制度刚推出时与人事部的面谈中问道：“我今后有机会成为支行副行长吗？”

回答是：“没有，零的机会。”

人事部负责人给出的这一答复让野野村认为这里已不再适合自己，于是申请了“早期退休支援制度*”。

据他说，人力派遣公司的负责人比银行人事部还要冷淡。

“在M银行工作了近三十年对你来说没有任何优势，你的履历和拥有的资格证书毫无吸引力，你在市场上的价值很低。”

从完全否定他的经历开始，到教他如何写简历、如何面试，指导以一以贯之的冷漠态度进行着。野野村向超过一百家公司递交了简历，历时一年，最终才成功转职到一个与金融完全无

* **早期退休支援制度**：这是M银行与人力派遣公司合作，帮助银行员工转职的制度。为了加速人事精简计划，M银行推出了针对提前退休员工的额外退休金支付方案。同意提前退休的员工将被视为完成了法定退休年龄，在获得满额退休金的基础上，银行将会额外向员工支付相当于数年年收入的一部分金额。

关的行业*。

近年来，接收斡旋调派的企业数量越来越少。原因之一是，泡沫经济时期大量招聘的资深员工迟迟不愿离职，岗位没有空缺。

另一个原因是，受经济长期不景气和疫情影响，各公司都在精减人员，无力接收来自银行的人才。也许还有一个原因，近年来频繁发生系统故障导致人们对M银行的印象不佳，他们宁愿避开M银行出身的人才。

听着社会保险劳务士的讲解，我不由得想起了矢泽和野野村的故事。一天、一周、一个月，时间在飞速流逝，而我依然无法对自己的未来做出具体的决定。

---

* **转职到一个与金融完全无关的行业**：对于课长来说，转职后的年收入为550万日元到700万日元。支行行长和支行副行长级别的年收入则为700万日元到900万日元。

编者注

1　一种以黑糖为主要原料的羊羹，产自日本福冈县筑丰地区。

2　司法人员之一，主要协助客户进行商业与房地产登记和准备诉讼相关文件等。

3　帮助公司解决从雇用到退职为止的劳动和社会保险方面的各种问题，是劳动社会保险方面的专家。

后记

唯一的惯例

“欢迎光临！”

在银行开始营业前的晨会上，值班人员一声令下，支行内的全体员工齐声应和。“新的一天又要开始了”，紧张感充斥着整个支行。

作为存款课课长，在工作的近十年间，我始终坚持着一个惯例，那就是在银行卷帘门升起的同时，走到银行入口前的街道上，大声喊道：

“欢迎光临！早上好！”

二十几岁时，我曾休过一次年假，去了一家百货公司开店前的队伍里排队。那天是我女儿最喜欢的卡通角色商品的发售日，购买采取先到先得的规则。

百货公司的卷帘门一升起，入口正中央站着的一位看上去十分儒雅的男士便朗声说道：“欢迎光临，本店现在正式开门营业！”他不忘与排队的顾客进行眼神交流，面带温和的微笑，又保持着坚定有力的姿态。那是我见过的服务行业中最出色的接待礼仪。他的胸前佩戴着一枚金色徽章，上面写着“店长”。

从业务部门调到事务部门，并首次担任存款课课长的那天，我来到了下小岩支行。直到卷帘门升起之前，我一直在脑海中回想着那位店长的身影。

既不傲慢，也不卑微，更不谄媚，我希望能追求属于自己的理想接待形象。自那天起，无论在哪个支行，我都将这句问候作为我的日常惯例*。

调离下小岩支行的消息确定后，最后一个工作日的早晨，我像往常一样站在银行大门前，等待卷帘门的升起。卷帘门升起时，映入眼帘的是一位陌生的女性，她四五十岁，戴着眼镜，向我搭话。

“那个，我听说您今天要调任了。”

她是怎么知道的呢？

“我每天上班都经过这条路，看到您每天早晨精神饱满的问候，感觉很温暖。上周突然没见到您，觉得有些担心，就去柜台询问，得知您要调任了。这是些微薄的心意，请您收下。”

---

* **将这句问候作为我的日常惯例**：在完成开店后的日常惯例后，我会巡视支行周边。由于支行通常位于车站附近等繁华地段，经常会看到空的啤酒罐或醉汉的呕吐物，我会将这些一一清理干净。

装有润喉糖的一个小塑料袋里附着一封信。

“这是我的一点儿心意。在此之前的日子里，您的身影多次给予了我力量。非常感谢您。请在新的工作地点也继续加油！”

原来有人在默默地看着我的努力。这让我感到非常欣慰。

从我进入银行工作的这三十年*里，银行的环境和工作内容都发生了巨变，即便现在也仍在不断变革。据说再过几年，银行柜台可能就不会再有工作人员，所有的业务都将由搭载AI的机器人来完成。

再过几年，我也将离开这个行业。无论是我个人的未来，还是银行的前景，我都无法预测。

但有一件事我很清楚，那就是，在剩下的日子里，我仍然会以银行人的身份竭尽全力工作。

好了，今天的卷帘门也即将升起。

2022年9月

目黑冬弥

---

* **进入银行工作的这三十年**：在业务岗上，我与同事们一起分享达成目标的喜悦；在事务岗上，我也深刻体会到了人能够通过工作而成长。虽然我在文中写道“我因业务不达标而被调职”，但最近我终于能够为自己拥有销售和事务这两种工作经验而感到自豪。在M银行的工作时光，对我来说是无可替代的宝贵财富。

图书在版编目（CIP）数据

银行职员日记 / (日) 目黑冬弥著 ; 郭佳琪译.
天津 : 天津人民出版社, 2025. 8. -- (50岁打工人).
ISBN 978-7-201-21344-6

Ⅰ. I313.55

中国国家版本馆CIP数据核字第2025EM5513号

著作权合同登记号图字：02-2025-116号

银行职员日记

YINHANG ZHIYUAN RIJI

出　　版　天津人民出版社
出 版 人　刘锦泉
地　　址　天津市和平区西康路 35 号康岳大厦
邮政编码　300051
邮购电话　022-23332469
电子信箱　reader@tjrmcbs.com

选题策划　联合天际 · 文艺生活工作室
责任编辑　康悦怡
特约编辑　李芳铃
美术编辑　梁全新
封面设计　喂！vee

制版印刷　河北鹏润印刷有限公司
经　　销　新华书店
发　　行　未读（天津）文化传媒有限公司
开　　本　787 毫米 × 1092 毫米　1/32
印　　张　6.75
字　　数　123 千字
版次印次　2025 年 8 月第 1 版　2025 年 8 月第 1 次印刷
定　　价　45.00 元

未读 | 纪实

关注未读好书

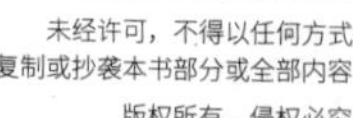

客服咨询

本书若有质量问题，请与本公司图书销售中心联系调换
电话：(010) 52435752